Unhas

LeYa

Unhas

Paulo Wainberg

ROMANCE

Preparação de textos LETÍCIA SCARP

Revisão de textos BEATRIZ DE FREITAS MOREIRA E DÉBORA TAMAYOSE LOPES

Capa RETINA 78

Projeto gráfico de miolo e diagramação LAURA KLEMZ GUERRERO

Foto do autor © TATIANA KNIJNIK WAINBERG

DADOS INTERNACIONAIS DE CATALOGAÇÃO NA PUBLICAÇÃO (CIP-BRASIL)
Ficha catalográfica elaborada por Oficina Miríade, RJ, Brasil

W141 Wainberg, Paulo, 1944-
Unhas / Paulo Wainberg. - São Paulo : Leya,
2010.
248 p.

ISBN 978-85-62936-46-3.

1. Literatura brasileira. 2. Ficção brasileira.
I. Título.

10-0025 CDD B869.3

2010

TEXTO EDITORES LTDA.
[Uma editora do grupo Leya]
Av. Angélica, 2.163 - Conjunto 175
01227-200 - Santa Cecília - São Paulo - SP - Brasil
www.leya.com

Nasceu Luiza.

Sou pai da Tatiana e avô da Luiza.

Pousou um sorriso nos meus lábios para toda a eternidade.

A Tatiana é linda, a Luiza é uma brisa.

Eu? Pura felicidade.

SUMÁRIO

I. A PRISIONEIRA

No cômodo mal iluminado, Elisa olhava em todas as direções tentando se situar.

Diante dela, sentado na poltrona, o homem falava em voz baixa, usando um tom carinhoso, quase paternal.

Seus músculos estavam doloridos, mas ela não encontrava uma posição que atenuasse o desconforto.

Sentia medo e, ao mesmo tempo, curiosidade pela situação. Fora vítima de um sequestro, e o homem iria pedir dinheiro a seu pai. Mas por que ele estava falando aquelas coisas? Pelo que sabia, os sequestradores não ficavam conversando com suas vítimas nem as deixavam com os olhos destapados, permitindo ser identificados, ainda que não pudessem ver o rosto deles.

Além disso, ele não falava como um bandido, parecia mais um professor dando aula. A voz era desconhecida, baixa e sem inflexão. Lembrava a do padre de sua paróquia entoando a ladainha.

Porém, com toda a certeza, não era um padre quem a mantinha prisioneira. A palavra "prisioneira" tombou sobre ela com força, e o pânico a envolveu.

Agitou-se sobre a cadeira na vã tentativa de libertar-se. Não podia gritar. Movimentou a cabeça para os lados, com desespero, mas seus esforços foram inúteis: sentiu apenas arderem os pulsos e os tornozelos, firmemente amarrados com cordas.

Como se não tivesse percebido os movimentos dela, o homem continuou falando com o rosto escondido pela penumbra.

Elisa olhou para cima, e a luz forte da lâmpada feriu seus olhos, cegando-a por segundos.

Lembrou-se de filmes de guerra a que assistia na televisão, em que prisioneiros eram submetidos a interrogatórios e torturas. Lágrimas umedeceram o esparadrapo que tapava seus lábios, aumentando a ardência.

Ela suava e sentia sede, além de um gosto ruim na boca. Por instantes julgou que estava sonhando; aquilo não poderia estar acontecendo.

Assistia a notícias de sequestros, pessoas presas em cativeiro, passando fome e frio, mas nunca imaginou que pudesse ser vítima desse crime.

Tentou acalmar-se e dormir novamente, mesmo sabendo como era terrível despertar em um ambiente desconhecido, totalmente manietada, sem ter ideia do que acontecera nem do que poderia acontecer.

Ficar calma, naquela circunstância, era impossível.

II. UNHAS

SENTADO NA PRIVADA, CORTANDO AS UNHAS DOS PÉS, QUANDO FALTA luz. O banheiro é o melhor lugar para cortar as unhas dos pés. Cruzando a perna sobre o joelho, puxa o pé em direção ao tronco, e os dedos ficam próximos, principalmente os mindinhos, os mais difíceis de alcançar. As argolas da tesourinha machucam o indicador e o polegar, o que é inevitável, independentemente da posição que escolhe.

No escuro, o tato do indicador serve de guia para pôr a tesourinha na unha certa.

Quando ajeita o mindinho do pé esquerdo para cortar a unha, o celular oficial toca – um batuque vodu grave, com eco, sinistro, mais ainda no escuro. Não se apressa. Corta com método a unha do mindinho, passa o dedo para sentir as arestas, corrige com pequenos e rápidos cliques da tesoura até alisar. A margem de erro na primeira avaliação costuma ser alta; por isso, após o corte, desliza o dedo em cada unha e arremata com a lixa.

As unhas dos pés têm a qualidade de parecerem lisas quando não estão. É necessário um tempo para o acomodamento das ranhuras e das arestas que a verificação posterior permite corrigir.

O celular continua no seu toque cavernoso. Descruza as pernas e separa as argolas da tesourinha dos sulcos doloridos dos dedos. Sai do banheiro e vê, sobre a cama desfeita, o brilho do visor ativado pela chamada.

Existem três posições clássicas para cortar as unhas dos pés, e todas exigem elasticidade corporal, coordenação de movimentos e nervos fortes para suportar arrepios.

Além da posição que ele costuma usar, é possível cortar as unhas firmando os pés no chão e dobrando o tronco até alcançá-las. Mas essa posição é delicada, pode provocar dores lombares e cãibras nas panturrilhas.

E a terceira é aquela em que, ereto, apoia-se um pé na borda da banheira, flexiona-se o joelho da perna oposta, aproxima-se do pé e corta-se as unhas. Depois, trocando as pernas, repete-se a operação. Essa posição é a mais cansativa, sobrecarrega joelhos e tornozelos e é arriscado perder o equilíbrio.

Polegares e indicadores são, historicamente, os mais usados.

Qualquer que seja a posição, os cacos cortados das unhas saltam a distância, caindo em locais de difícil acesso. Raramente um caco tomba à vista. Cacos de unha, estranhamente, escondem-se.

Por causa de tal particular detalhe, é recomendável cortar as unhas dos pés no banheiro, onde o piso costuma ser claro e liso, o que ajuda na busca dos cacos, que aderem facilmente à pressão dos dedos da mão. Além disso, o vaso sanitário é o destino perfeito para os cacos. Puxa-se a água, e eles somem no redemoinho.

Não entopem.

Caminhar descalço pelo banheiro é bastante eficaz para recolher cacos ocultos: a sola do pé sente a fincada pontiaguda.

Ele detesta cortar as unhas dos pés, e só o faz quando elas ultrapassam o limite dos dedos e adquirem a forma de garras. Corta no impulso: sentado na privada, percebe lá embaixo unhas enormes quase tocando o chão, amareladas pelo uso. "Vai ser agora", decide, e se limpa com papel higiênico.

Antigamente, recebia um ultimato de Taiane:

– Se não cortar imediatamente as unhas dos pés, vai dormir no sofá!

Não gosta de pedicures e podólogos. Sente-se desconfortável com alguém manuseando seus pés numa atividade servil e submissa.

Humilhante como nos cultos religiosos em que uns têm o dever de lavar e beijar pés alheios.

III. A NOVIDADE

DIANTE DE ELISA, NO QUARTO FECHADO, ELE FALA SEM PARAR, APROveitando a sensação de superioridade, o gozo do anticlímax, adiando o momento final, o instante sublime da plenitude do prazer, do exercício do poder absoluto.

Elisa estava em estado de choque. Lembrava-se de que, na saída da escola, sentiu uma coisa pontiaguda nas costas e ouviu uma voz masculina dizer baixinho:

– Ande normalmente e entre no carro, ou enfio esta faca em você.

Sua primeira reação foi tentar fugir, mas o homem colocara um braço sobre seus ombros e encostara a ponta da faca em sua cintura. Entrou no carro pela porta do motorista e foi para o banco do passageiro, conforme ele lhe ordenara. O sujeito sentou, estendeu a mão na direção do rosto de Elisa, e a última coisa de que ela se lembrava era de um lenço apertado contra sua boca e seu nariz.

Quando acordou, estava naquele lugar, amarrada pelos pés e pelas mãos numa cadeira, e o vulto, na penumbra, falava com voz monótona.

Para ele era uma experiência nova: jamais havia contado a alguém o que fazia. Entretanto, diante daquela jovem totalmente a sua mercê, sentiu-se impelido a falar, a se gabar.

Por quê? Ele não sabia exatamente o motivo. Talvez fosse a juventude da menina, talvez precisasse, após tantos anos, revelar-se com segurança – não era um desabafo, certamente, pois disso ele não carecia. Não identificava qualquer tipo de angústia ou outro sentimento impelindo-o à confissão.

Não, não era por isso que estava falando tanto.

Permaneceu em silêncio, refletindo sobre o fato, e, depois, como se fizesse uma concessão a si mesmo, deu de ombros. Tinha tempo de sobra para descobrir. Por enquanto, se era aquilo que queria fazer, era aquilo que faria.

– A gente sempre deve fazer o que quer, meu bem.

E continuou falando, sem se importar com o rosto contraído de Elisa nem com seu olhar.

IV. O PÉ

– Com o pé não se brinca, entendeu? Pé é coisa séria, a parte mais ambígua do corpo humano. Bonito ou feio, pode estimular o desejo ou gerar repulsa, e presta-se sob medida aos fetichismos sádicos e masoquistas. O pé catalisa paixões, taras e perversões. Acariciar o pé de alguém tanto pode ser um ato de adoração quanto de nojo. Chupar os dedos e lamber a sola pode ser uma tara doentia ou dar um puta tesão; cair de joelhos e beijar os pés da princesa é um sonho a se perseguir; masturbar-se esfregando os pés da vadia no pênis, ficar de pau duro lavando os pés de uma criança, excitar os mamilos passando levemente os pés do nenê sobre eles, ter orgasmos cheirando sapatos e meias sujas, esmagar bundas ou fazer a mulher caminhar em cima do seu peito. Há quem goste de pés macios, há quem goste de pés sujos e grossos, há quem venere dedinhos pequenos, há quem fique de quatro diante de dedões enormes e tortos; é infinito o universo dos pés e dos tipos de desejo por eles, tão infinito quanto o universo infinito. Você sabia que os gregos atribuíam aos pés poderes extraordinários e fraquezas gigantescas? Nunca leu nada sobre isso, é claro. Vou contar a história de Mimas, filho de Gaia e Urano, que jamais se cansava e aterrorizava todos com força descomunal. Tamanho poder lhe era transmitido pelos pés por sua mãe, Gaia, a deusa da Terra. Enquanto mantivesse os pés em contato com o chão, Mimas seria invencível e imortal. Hércules, filho de Zeus, o maior herói da Grécia, viajava para realizar um dos doze trabalhos que lhe foram impostos pelo rei e déspota de uma das cidades-Estado gregas, quando cruzou com Mimas, que o impediu de passar. Travaram, então, uma fenomenal batalha, na qual o semideus paulatinamente cedia terreno, sucumbindo ao cansaço, enquanto seu oponente mantinha-se com a mesma insuperável força e energia. Zeus, condoído com a desvantagem injusta do filho, que ignorava a origem do poder de Mimas, sussurra ao ouvido de Hércules que a força do adversário vinha dos pés. O guerreiro, reunindo as últimas forças que lhe restavam, ergueu Mimas do solo, num abraço mortal. Desprovido de sua fonte de energia, Mimas rapidamente enfraqueceu e sucumbiu a Hércules. Outro exemplo mitológico é o de Aquiles, que, ao ser banhado nas águas do rio Estige por sua mãe, a ninfa Tétis, ficou com o corpo invulnerável, imbatível, com exceção do tendão do calcanhar, que foi por onde ela o segurou. Assim, quase invencível, morreu ao receber certeira flechada de Páris, príncipe troiano e causador da Guerra de Troia, no único local frágil de seu corpo. Hermes, o mensageiro dos deuses, tinha asas nos pés. Percebe como, há tantos mil anos, o ser humano se preocupa com os pés? As unhas são as garras que vão sendo cortadas e aparadas porque inventamos outras armas de defesa e de ataque, criamos escadas para subir em árvores e toda a gama de instrumentos que substituem a função das unhas. De acordo com as teorias da evolução, mais dia, menos dia, as pessoas vão nascer sem as unhas e sua feiura. Não se entusiasme, meu bem, você não verá isso acontecer.

V. SOFREDORES

Sentado na cama, ele atende o celular, tirando da sola do pé um caco de unha. Um cliente telefona para lembrá-lo de que o imposto vencerá no dia seguinte.

Flexiona os dedos dos pés, sentindo a aspereza das unhas cortadas e ainda não alisadas. O homem ligara àquela hora porque, se não o fizesse, passaria a noite em claro, consumido pelo medo de se ver diante das garras da lei, às barras de um tribunal, da implacável Corte de Justiça, que, sabe-se lá, seria capaz de infligir-lhe castigos e penalidades atrozes pela falha. Mensalmente, no mesmo dia, aquele imposto era pago. Uma porcaria de um imposto! Mas o cliente pertence ao triste mundo dos que levam a vida com medo, são submissos à opinião alheia, atormentados com detalhes insignificantes e padecem caso a rotina seja alterada.

São sofredores por antecipação, que terminam num túmulo e ganham o prosaico epitáfio da saudade eterna, da honra e da dignidade, exemplos de virtudes acumuladas e da síntese de uma vida inútil.

Ao longo dos anos constatara que as pessoas sofrem por compulsão. Raros são os que usam a inteligência para controlar a ansiedade, a pressa ou a impaciência.

O medo do desconhecido é uma das maiores causas do sofrimento antecipado e inútil, porque é tão mais simples pensar antes de reagir, calcular antes de investir, ponderar antes de fazer; os mais medíocres levariam uma vida menos sofrida caso agissem assim.

Entretanto, a compulsão ao medo é tão poderosa que as pessoas sofrem por problemas que ainda não existem, por dificuldades que não aconteceram e por frustrações nem sequer intuídas.

Sofrer, sofrer e sofrer, sem se dar conta de que, em nome do sofrimento individual, provoca-se o sofrimento coletivo.

Como uma unha mal cortada, que destrói o prazer que as outras, benfeitas e lisas, provocam.

VI. ASSASSINOS

Por alguns minutos parou de falar e deixou-se levar pela sensação de prazer que invadia seu corpo e sua mente, com golfadas e rajadas; ele falando, e ela o escutando.

Certamente era este o motivo pelo qual estava falando tanto: o prazer.

Olhou-a, circulou ao redor da cadeira em que ela estava, examinando a figura encolhida, e disse:

– Se você não tivesse nascido, não estaria aqui, meu bem. Só os que nascem têm de passar pelas coisas da vida, e as coisas da vida são muito, mas muito chatas, você não acha? Olhe para você, tão jovem, tão linda, acreditando que tudo são rosas, perfumes e alegrias. Mas não se iluda, não estou preocupado com você nem com o que está sentindo. Nem com você nem com ninguém, pode ter certeza.

Ficou parado atrás dela, passou a mão pelos seus cabelos e afirmou com um tom de voz implacável que até então não usara:

– Seus cabelos, tão lindos e sedosos, estão destinados a virar pó, meu bem. Os cuidados de hoje seriam o descaso no futuro, porque eles fatalmente perderiam o viço e o brilho, branqueariam, você ficaria velha e feia, e o que sobraria de vida...

O homem deu uma risada irônica:

– O que sobraria de vida seriam as dores, os remédios, a feiura e a morte.

Para Elisa, parecia que a voz vinha de um túmulo. As palavras não faziam muito sentido, por causa da tontura e da confusão sonolenta de sua mente. A determinação, há pouco tomada, de se acalmar, sumira. Tentando situar-se e, de algum modo, recuperar o controle sobre a situação, a única coisa que sentia era um medo cada vez maior.

Porém, entendeu perfeitamente o que o homem disse em seguida.

– Os piores assassinos da humanidade são os pais, que condenam os filhos à morte assim que os concebem.

VII. UM MODO DE GANHAR A VIDA

Telefonemas como aquele são comuns na vida de um contador. Pequenas dúvidas, temores desproporcionais, questões burocráticas fáceis de resolver, mas que requerem o referendo técnico que só pode ser conferido por um especialista, como ele.

Ainda assim, as pessoas medíocres se assustam com a simples ideia de não controlar tudo e, por isso, não confiam e nada deixam ao acaso, fazendo com que cada acontecimento seja a decorrência prevista do movimento anterior. Um fato gera outro até que, com a morte, nada mais acontece.

Ele não se preocupa em dar significado à vida. Não acredita em almas pairando no céu ou ardendo no inferno, em espíritos tentando contato com os vivos por meio de copos, letras do alfabeto, incorporações ou aparições fantasmagóricas.

Desdenha da crença humana em um Ser bondoso e infinito, a observar tudo e todos, a anotar quantas vezes você mentiu, traiu, roubou, não fez o bem, fez o bem, ajudou velhinhas a atravessar a rua, sacaneou seus colegas, fodeu ou foi fodido.

Um Ser que, segundo as religiões, existe para anotar cada gesto ou pensamento seu, nas colunas do pecado ou da virtude, somar e diminuir e, conforme o resultado, recebê-lo no céu ou condená-lo ao inferno.

As pessoas acreditam em qualquer coisa que lhes seja dito, desde que palavras-chave sejam usadas, e o pregador esteja devidamente fantasiado: longas barbas, roupas pretas, mantos, capas, adereços e chapéus, posturas de submissão, rituais com objetos e comidas, e a palavra de ordem repetida sem cessar: *Deus* e Seus valores agregados, como infinito, eternidade, bondade, virtude, caridade, mistério, paciência, desígnio, bem, livre-arbítrio, fé e amém.

Um cabedal de gestos sagrados, poses, expressões faciais e cantos litúrgicos.

Nada mais do que uma parafernália produzida por quem exerce o cargo de representante divino na Terra. Os faraós, os césares, e muitos antes deles já se arvoravam nessa representação.

Por trás de tudo, impera a ganância, o poder, a crueldade e a devassidão.

E, na hora da morte, rende uma encomenda aos céus para jazer eternamente feliz, sobrando para os pecadores a certeza de cair nas garras do diabo, o *alter ego* bizarro da suprema divindade.

Pregadores, profetas, messias, padres, *mullahs*, sacerdotes, curandeiros, orixás e todas as gamas místicas, ungidas de representação divina, que creem saber o que é melhor para você, demonstram os perigos dos seus descaminhos e as consequências que o aguardam na eternidade. Pregam textos bíblicos de autoria obscura ou de autores de ficção, como se fossem a Verdade, a Palavra, pronunciada por procuração, em nome do Senhor.

Ganham a vida com isso, geração após geração.

VIII. A PRISIONEIRA TEM SEDE

O HOMEM VOLTOU À PENUMBRA, SENTANDO-SE À SUA FRENTE.

Elisa recuperou aos poucos a lucidez. Os efeitos do produto que a fizera adormecer estavam passando, e ela viu que estava em uma espécie de quarto sem móveis; havia apenas duas cadeiras e uma mesa sobre a qual estavam uma garrafa de água e um copo. Ah, se pudesse beber um pouco daquela água!

A sede que sentia era excessiva, como se há dias não bebesse. Olhando para a garrafa, tentava sinalizar ao homem, esperando que ele entendesse.

A única janela, do seu lado direito, estava trancada por dentro com duas ripas pregadas nos marcos, em diagonal, formando uma enorme letra X.

Quem era ele? O que estaria querendo com ela? E por que estava falando tudo aquilo?

Por causa da penumbra, não conseguia distinguir os traços dele, mas percebera suas roupas sóbrias; os sapatos não eram velhos como os de marginais. Ele trajava camisa branca, sem gravata, e um terno acinzentado.

Só podia ser um sequestrador querendo dinheiro. Com certeza. Já devia ter feito contato com a família, e o seu pai daria um jeito, disso ela não duvidava. Provavelmente, em pouco tempo estaria livre.

Tinha certeza de que seu pai faria qualquer coisa por ela!

IX. O LUGAR

Quando a luz volta, ele confere: são vinte e uma horas. Passa o indicador pelas unhas. Estão ásperas e, no pé esquerdo, faltam duas a ser cortadas. Retorna ao banheiro, pega a tesourinha, senta na privada, dobra a perna esquerda sobre o joelho direito e conclui a tarefa.

Agora vem a parte mais suave: cortes curtos, até conseguir alinhar. O alisamento final é feito com uma lixa que está sempre no mesmo lugar, na pia ao lado da privada, ao alcance da mão.

Molha as unhas antes de cortá-las. De preferência com água morna. A água amolece as cartilagens, sobretudo das unhas dos dedões, que são maiores e mais duras, facilitando o corte e machucando menos as falanges do polegar e do indicador.

Satisfeito, volta ao quarto. Ele está no apartamento que usa para sua segunda profissão: quarto e sala, banheiro e cozinha, um aparelho de televisão antigo com antena interna e nada mais. O banheiro, além do necessário para a higiene básica, tem todo o material cosmético. Na cozinha, apenas um refrigerador, também antigo. Ao lado da cama, uma pequena mesa, onde coloca a garrafa de uísque JW rótulo vermelho, que gosta de beber sem gelo, antes de qualquer missão.

– Fiquei dois dias concentrado lá antes de apanhar você, meu bem.

Estirado na cama, seus pensamentos voam.

Pensa no que as pessoas são capazes de fazer em nome das religiões e da fé, como andar vinte quilômetros de joelhos ou nunca mais comer doces para pagar promessa feita aos santos, em troca de curas milagrosas ou soluções de problemas.

Pedir ao santo de sua devoção algo sem lhe prometer nada é certeza de não ser atendido.

Santo é santo, mas tem de ser pago.

Lembra-se de sua mãe contando que, quando ela era garota, quem comesse uva com melancia ficava com a barriga dura e em poucos minutos morria. E, depois do almoço, tinha de esperar três horas para tomar banho, sob pena de uma congestão fatal.

Superstições ingênuas:

– Meu santo fulano de tal, se meu filho passar no vestibular, eu prometo que não troco de cuecas durante um mês.

Se o filho passa, ele não troca mesmo. E se o filho não passa, é porque ele não teve fé suficiente e, por isso, recebeu um justo castigo.

Por que um santo vai querer que alguém use cuecas sujas? Ou se prive do que mais gosta por seis meses? Ou se submeta a torturas e autoflagelos cruéis?

Esse tipo de santidade ele dispensa.

X. A MERDA E O RANHO

Como as pessoas são idênticas em suas individualidades!

Gases, por exemplo: cada um suporta – uns até gostam – o cheiro da própria flatulência. Isso é um fato, ninguém peida e tapa o nariz, enjoado com o odor de sua exalação.

Mas o peido alheio provoca náusea.

Todavia, ele é produzido pela mesma composição química, resulta do mesmo processo fisiológico e, em tese, tem o mesmo cheiro.

Quando estão no banheiro, com a porta trancada, defecam e mijam, tomam banho, masturbam-se, enfiam vibradores e outros objetos pontudos nos próprios orifícios, examinam sua merda levada pela água da privada, assoam o nariz e observam o ranho escorrendo entre os dedos. Espremem um furúnculo e olham a cor do pus, tossem e escarram, admirando a cor e a consistência do catarro, arrancam espinhas e cravos, cospem nas mãos para ajeitar o cabelo.

As pessoas são tolerantes com os próprios excrementos.

Mas, se você entrar num banheiro e encontrar fezes alheias boiando na água da privada, o nojo é inevitável.

Outra pessoa com um dedo no nariz, quer coisa mais desagradável? E puxando um ranho grudado no indicador? Mas o seu ranho você examina, testa a consistência, faz uma bolota e atira longe, sem nenhum asco.

É repulsivo ver alguém com espuma de saliva no canto da boca, mas a sua baba você limpa com as costas da mão e seca na toalha ou nas calças.

Essas coisas são tratadas como se fossem exclusivas de cada um e viram tabus, vergonhas que devem ser ocultadas a qualquer preço.

É assim que se movimenta a humanidade, não é? Expelindo excrementos individuais e cultivando tabus coletivos.

O corpo humano. Existe algo mais bonito na natureza? Mais perfeito, mais harmônico, mais estimulante? O seu interior, no entanto, é asqueroso, e uma pequena amostra do que existe embaixo da pele é nauseante. Tão lindo por fora, tão nojento por dentro.

E nós, pessoas, ainda queremos ter razão!

XI. OS PÉS DE ELISA

O HOMEM ENCAROU ELISA, QUE, PELA PRIMEIRA VEZ, VIU SEU ROSTO.

Comum, sem nada de extraordinário, era o rosto de uma pessoa como qualquer outra, longe de parecer um sequestrador. Podia sentar-se ao lado dele em um cinema, vê-lo comer um sanduíche numa lanchonete e nunca mais recordar, de tão inexpressivo e sem sinais relevantes.

O pânico retornou com violência: se ele se mostrava, era porque não tinha medo de ser identificado, e isso significava que, sim, ele não pretendia deixá-la escapar com vida.

Novamente as lágrimas correram, a ardência nos lábios aumentava, com a comichão insuportável. Ela respirava pelo nariz com dificuldade, sentindo a garganta seca. O gosto horrível devia ser daquilo que ele a fez cheirar para dormir, e a sede era alucinante.

Examinou a garota de alto a baixo, ajoelhou-se e retirou-lhe os sapatos e as meias curtas, de colegial. Pegou os pequenos pés e acariciou-os devagar, sentindo-lhes a maciez e a lisura dos calcanhares. Eram pés cuidados, com dedos simétricos e unhas benfeitas, protegidas por uma suave camada de esmalte incolor.

Elisa arrepiou-se de nojo e apertou os olhos, na tentativa inútil de gritar.

Ele deliciou-se com a reação dela. Beijou o dorso de cada pé e depositou-os sobre o chão, como se fossem de frágil cristal. Ergueu-se e voltou para a poltrona.

– Você tem lindos pés e unhas cuidadas, meu bem, e isso é coisa que eu muito admiro nas mulheres.

XII. DUPLA IDENTIDADE

– Sou solitário e cobro muito dinheiro por todo trabalho. Hoje em dia posso me considerar rico. Não sou de esbanjar, uso roupas simples, moro em um bom apartamento e sou divorciado. Oficialmente sou contabilista. Meu escritório é pequeno, de bairro, e minha clientela é formada por comerciantes e pessoas de classe média, gente medíocre e sem imaginação, para quem organizo a contabilidade e preparo as declarações do Imposto de Renda. Ganho bem ali, o suficiente para manter uma vida simples e para pagar um salário razoável para Lara, uma loira gorda e de pés enormes, vinda do interior, misto de secretária e técnica em contabilidade, a quem chamo de Alemoa. É ela quem faz a maior parte do trabalho. Eu, durante o expediente, fico revisando uma coisa ou outra, falando ao telefone com algum cliente e lendo livros policiais. Adoro livros policiais. Quando aceitei a primeira missão, percebi que não poderia continuar casado. Tive necessidade de mudar toda a minha vida. A revelação de meu destino foi tão rápida que tudo ficou claro instantaneamente. O prazer que aquele trabalho me deu foi superior a tudo o que eu já havia sentido na vida. Um prazer tão grandioso que vi, na hora, que minha existência tinha uma só finalidade: aquele prazer. Que não pode ser compartilhado. É solitário e sigiloso. A convivência, a vida em família, as responsabilidades sociais, uma esposa que, como todas, exerce permanente vigilância sobre as ações do marido – o sem-número de exigências de uma vida comum é a víscera oposta, limitante e constrangedora dos meus anseios e da minha realização pessoal. Qual um super-herói de quadrinhos, estabeleci uma segunda e secreta identidade, desconhecida e protegida de suspeitas. Garanto a você que essa segunda identidade é a verdadeira e, por ela, manifesta-se o meu legítimo eu. Da vida anterior, preservei apenas o escritório de contabilidade, um disfarce perfeito, como este que estou usando, meu bem. Caso algo dê errado, o que é quase impossível, você jamais poderá me identificar, assim como não me identificou nas várias vezes que cruzei com você, falei com você e até a auxiliei quando esbarramos na rua, e seus cadernos caíram no chão.

XIII. DOMINGO DE VERÃO

TAIANE ESPERAVA SEU PASTEL DE QUEIJO E TENTAVA CONVENCER A MULHER de meia-idade, que a atendia no quiosque da praia, que tinha vinte e sete anos e não os dezenove que a outra insistia em lhe atribuir.

– Ganhei meu dia – disse a garota, exibindo os alvos dentes num sorriso divertido. – Meus dezenove anos foram há muito tempo, graças a Deus.

Era uma magnífica manhã de verão e a praia estava repleta de pessoas, colorida de guarda-sóis e barracas; ao fundo, o mar imenso e claro suavizava o horizonte com ondas sensuais, esgotadas na espuma branca que se encontrava com a areia.

O rosto bronzeado de Taiane era mesmo juvenil, dando razão à dúvida da dona do quiosque. Com os braços apoiados no balcão, ela não notara o homem ao lado, que ingeria goles pequenos de sua segunda caipirinha, e, por isso, surpreendeu-se quando ouviu:

– Não acredito! Você tem mesmo vinte e sete anos? Eu não lhe dava mais do que dezessete – ele disse.

– Pronto! Mas o que é isso? Armaram um complô contra mim hoje? – ela sorria, divertida. – Que coisa? Acho que o sol está fazendo as pessoas delirarem. Será que vou ter de buscar minha carteira de identidade?

– Não precisa – sorriu a mulher do quiosque, entregando o pastel a Taiane –, vou acreditar em você.

– Mas eu não – disse o homem. – Quero ver essa carteira, porque não acredito que você tenha vinte e sete.

Saíram juntos pela areia, em direção à beira do mar, ela mordiscando o pastel, ainda muito quente, ele sorvendo goles da bebida.

Taiane era do tipo *mignon*, tinha os cabelos compridos, de um dourado escuro, que dançavam no ritmo da brisa macia, e os olhos, protegidos por óculos escuros, eram cor de amêndoa. Tinha o corpo bem distribuído: pés pequenos, seios médios e magníficas coxas.

Ele não era de abordar mulheres com facilidade, por medo de parecer indelicado. Porém, o álcool facilitou e, no impulso, ajudado pela espontaneidade de Taiane, puxou o assunto de forma natural.

Ela havia gostado daquele homem mais velho, de calções largos e óculos escuros de armação vermelha, que, meio sem jeito, caminhava ao lado dela pelas areias aquecidas rumo à praia.

– Você vai torrar neste sol, não passou um protetor?

– Tenho pavor dessas coisas melequentas na pele. Prefiro me queimar logo de uma vez.

– E não arde?

– Não muito, tenho pele grossa – brincou.

– Eu, sem protetor, não boto o nariz no sol. Fico vermelha como um tomate e depois não consigo dormir de tanta dor.

– Você está com uma cor linda.

– Obrigada.

Eles caminhavam sobre a areia úmida, e Taiane chutava restos de ondas que vinham à deriva, fazendo a espuma espargir o ar luminoso.

Sob o sol daquele fim de manhã de domingo, Taiane era um fulgor que resplandecia mais ainda pelo biquíni amarelo, a contrastar e combinar sob medida com o tom de sua pele.

Mais adiante, ela saltitou na frente dele, espalhando água para todos os lados. A visão mostrava uma jovem alegre e segura, que brincava com o mar, com ele e com o dia glorioso que o verão organizara, que lambia os dedos para limpar a gordura do pastel, que fazia um muxoxo de nojo e se abaixava para molhar a mão na água salgada e que, caminhando de costas e de frente para ele, revelava a parte interna das coxas roçando uma na outra, com o detalhe superior a dar-lhe a certeza de ter encontrado a mulher de sua vida.

Assim Taiane e ele se conheceram, namoraram, casaram, e ele nunca entendeu o que, afinal de contas, ela tinha visto nele.

XIV. A IDEIA

NUM FIM DE TARDE, HÁ CINCO ANOS, ELE AGUARDAVA UM PRIMO DE Taiane, recém-chegado à cidade, para jantar em sua casa quando, na poltrona em frente, no saguão do hotel, sentou-se um homem de meia-idade, como ele, inquieto e com os cabelos desgrenhados. Mordia os lábios, passava os dedos entre os cabelos, como se fosse arrancá-los, abria e fechava os olhos, curvava o corpo a ponto de quase encostar a cabeça nos joelhos e, em sobressalto, voltava a apoiar-se no espaldar da poltrona. Batia a ponta dos pés e os calcanhares no chão e tremia.

Preocupado, perguntou ao outro se estava passando mal, se precisava de alguma ajuda. Como um vulcão entrando em erupção, o homem começou a falar e, em poucos minutos, contou o drama pelo qual passava. Ao findar, disse ser capaz de qualquer coisa para se livrar de tamanho sofrimento.

Aquelas últimas palavras originaram o plano que mudou a sua vida. Falou sobre ele, e o outro se transformou. O desespero no olhar virou esperança, e então perguntou se havia mesmo como levar adiante aquela ideia.

Percebendo que o parente que viera buscar havia saído do elevador, acenado e estava vindo em sua direção, rapidamente pediu ao homem o número de seu telefone e, de braços abertos e sorrindo, foi cumprimentar o recém-chegado.

XV. UM BOTÃO POR VEZ

ELISA TENTOU RECONHECÊ-LO E NÃO CONSEGUIU. LEMBRAVA-SE DO episódio do esbarrão, há poucos dias. Ela andava pela calçada, em direção ao ponto de ônibus, quando um jovem, trajando *jeans* e tênis, esbarrou nela de frente. Ela deu um gritinho de susto, e seu material escolar caiu ao chão. O jovem, bastante atrapalhado, desculpou-se com voz fina e se abaixou, pegando os livros e cadernos e colocando-os nos braços dela. Parecia apressado e constrangido com o incidente.

Não era a mesma pessoa! Não podia ser! Este, na frente dela, era um velho, com mais de quarenta anos.

O homem se afastou, rindo alto.

– Sou eu, meu bem. Euzinho, o mesmo jovem que esbarrou em você, o mesmo senhor de muletas que entrou no ônibus e sentou ao seu lado e tantos outros que você viu nos últimos meses. Uma única vez você me viu como sou de verdade, mas, quando isso aconteceu, você nunca saberá.

Ele é louco, pensou Elisa, apavorada. O que quer de mim? Por que está fazendo isso?

Ela ainda estava arrepiada com a repugnância que sentira quando ele passara as mãos em seus pés. Desde os doze anos de idade, ao tomar consciência do próprio corpo, sabia como desfrutá-lo e, o que era mais importante, com quem. Não tolerava ser tocada por qualquer um.

Quando ia às festas, os colegas da escola se aproximavam para beijá-la, bem que tentavam, mas não conseguiam. A turma achava que era lésbica, que não gostava de homem. No entanto, nunca fora vista com mulheres, e sua personalidade era um enigma na turma.

Estava agora com aquele homem na frente dela, falando tudo aquilo, e mais da metade Elisa nem entendia. Bem que ele podia tirar aquele esparadrapo, os lábios estavam ardendo, ou afrouxar a corda nos pulsos. Por que ele não dizia o que estava querendo? Que lugar era aquele? O que iria acontecer? Onde estava seu pai? Ela queria o pai, nunca quis tanto o pai como naquele momento.

Ele parou de falar e a observou. Uma bela garota de dezessete anos, com cabelos loiros puxados para trás e grandes olhos verdes arregalados de medo.

O corpo era bonito. Aproximou-se e, botão por botão, abriu-lhe a blusa vermelha, larga e de mangas curtas, até que o colo e o contorno dos seios, sob o sutiã, ficaram expostos aos seus olhos.

Examinou – com o olhar – a barriga lisa, o umbigo pequeno e o botão das calças *jeans* formando uma sedutora ruga na pele comprimida.

Abriu totalmente a blusa, sem tirá-la. Assim podia observar o pescoço e o colo de ossos salientes e toda a textura da pele, até o limite dos ombros, sugestivamente arredondados.

A respiração forte erguia a parte exposta dos seios, e o cheiro de medo que o corpo da menina exalava era estimulante.

Durante alguns minutos permaneceu diante dela usufruindo a vista. Depois, com o polegar, suavemente secou-lhe as lágrimas e voltou para sua poltrona.

Elisa desejou desmaiar. Aquele homem ia estuprá-la, não tinha dúvida, e ela não queria participar de jeito nenhum. A simples ideia de ser penetrada revolvia suas entranhas, e por pouco não vomitou. Seria um desastre vomitar assim, amordaçada.

– Você tem um corpo muito bonito, meu bem. Do tipo que eu gosto.

Ela não tinha como saber, mas ele estava se divertindo muito.

XVI. A UNHA E O PRIVILÉGIO

Odeia quando uma ponta de unha mal aparada engata num tecido, principalmente nas meias. Por isso é obsessivo no lixamento.

Passa e repassa a lixa, confirma o estado de cada unha com o dorso da mão, usa a tesourinha para alinhar e realinhar, cuidando para não cortar além do limite, evitando ficar em carne viva e prevenindo hipótese de unha encravada, coisa que o enoja só de pensar.

Demora cerca de quarenta minutos, do início ao fim. Quando se dá por satisfeito, são vinte e uma horas e quarenta e cinco minutos e há tempo de sobra para se preparar. Volta para a cama, bebe um gole de uísque direto da garrafa, que é como gosta, e recosta-se para relaxar.

Costuma gastar uma hora para o disfarce: assim, até às vinte e duas horas e trinta minutos, pode deixar os pensamentos fluírem, as lembranças afluírem e a excitação aumentar.

– Você vê alguma diferença entre nascer e não nascer se, acabada a vida, a inexistência é o ponto-final? E, se não for, não fará a menor diferença ter vivido. E qual é a vantagem de ter uma das vidas prometidas após a morte? Ou você é um espírito vagabundo, purgando crimes e pecados, ou você vive numa pieguice eterna, ao som de harpas e corais de anjos, ou você arde em fogo eterno.

Não compreende como os terroristas acreditam que, ao se explodirem para explodir os outros, receberão como prêmio, no reino dos céus, dezenas de jovens virgens para desfrutar.

A recompensa é absurda, outra ilusão religiosa em nome do poder e da verdadeira Verdade. Para que servirão as virgens no céu se, após serem desfrutadas pelo terrorista, não serão mais virgens?

A humanidade é uma constante fábrica de virgens, qualquer um pode conseguir quantas quiser. E para que alguém vai desejar o trabalho de deflorar tantas? E, depois da defloração, terão de ficar com elas pelo resto dos tempos?

Mais um exemplo da falácia religiosa, como se foder uma virgem fosse a melhor coisa do mundo!

Só quem já fodeu sabe o trabalho que dá. Mesmo assim, milhares de terroristas são seduzidos pela ideia e ficam aterrorizando o mundo.

Por isso, prefere a alienação dos romances policiais à realidade. Neles vê um sentido, uma busca concreta para a solução de um crime, o que, em última análise, também não conta para nada. Mas no mundo alienado do romance vale muito, há o clima de suspense, expectativas, surpresas e todas essas coisas que, na poeira dos tempos, também se perdem.

– Você acha que as artes servem para quê, meu bem? Para escapar da chatice e olhe lá. As pessoas estão em busca de momentos felizes, tão raros e efêmeros que, mal aconteceram, já passaram. Tornam-se momentos felizes na memória, porque os momentos presentes, em geral, são difíceis, complicados ou aborrecidos. Por acaso os meus clientes ficam mais felizes após minha intervenção? Como poderiam ficar, se o que faço para eles é algo que, no fundo, não querem fazer? Mas isso não me incomoda e sou indiferente ao que eles sentem ou deixam de sentir. No momento em que se escancarou, na minha consciência, que a vida é inútil e sem sentido, os complexos, as culpas e as distorções morais que me impuseram desde o dia em que nasci sumiram e adquiri uma liberdade absoluta. Sou um privilegiado, querida, o único que atingiu tal estágio de compreensão. Os outros vivem prisioneiros das regras alheias, em uma exasperante busca de respostas para perguntas que nem sequer sabem formular. Agradeça à sua sorte, minha querida. Graças a mim, você se livrará de tão cruel destino.

XVII. ATÉ NUNCA MAIS

TAIANE O ESPERAVA PARA O JANTAR, E OS DOIS FILHOS, DE TRÊS E QUATRO anos, fizeram a algazarra de sempre com a chegada do papai.

Brincou com eles, deu o beijo rotineiro na esposa e foi tomar banho. Pela primeira vez usufruiu o prazer total do banho. A carícia da água morna na pele, o sabonete deslizando pelo corpo, ele estava vivo, e isso significava desfrutar simultaneamente o que os cinco sentidos proporcionam.

Depois, de bermudas e camiseta, foi para a cozinha e observou Taiane esquentando os pratos do jantar no forno de micro-ondas. Ela estava de costas, exibindo o corpo bonito, as coxas, que eram o que mais o excitava, a deliciosa curvatura da nuca e dos ombros.

Sentia que a descoberta retirara-lhe toneladas do tédio que carregava, quilo a quilo, pela vida. Estava leve e, melhor ainda, livre da condenação de dedicar-se àquela mulher, à companhia dela, aos problemas dela, às doenças dela, à boceta dela e a tudo o mais que dizia respeito a ela, o resto dos seus dias.

Não era mais possível nem era justo lhe caber, na parca existência, tanta responsabilidade em troca de tão pouco gozo.

Naquela noite, entrou no quarto dos filhos, que dormiam, e chorou. Chorou por tê-los gerado, por condená-los a viver, por obrigá-los a existir sem que houvessem pedido, não haveria perdão para tal crime.

Como ousara trazer ao mundo aqueles seres, obrigados a existir entre tabus e preconceitos, inutilidades e amarguras, dores e perdas, doenças e tristezas, ambições desregradas, frustrações constantes e nenhuma liberdade, tendo como recompensa final a morte?

Quase cedeu à ideia de eliminar os dois e libertá-los da cruel sina de existir num universo que não era deles e sobre o qual não tinham controle, cabendo-lhes percorrer caminhos aleatórios, submetidos a tempestades e a feras.

Olhou para os dois montinhos, duas trouxas de carne, destinados a catapora s, resfriados e caxumbas febris, brigas, aulas, reprimendas e castigos.

Compelidos ao que não pediram, vilmente logrados pelo nascimento, que lhes traiu com a promessa da sempre doce paz uterina, estavam postos no mundo para competir pelas melhores roupas e pelos tênis da moda, a sofrer por amores inúteis, acreditar em esperanças vãs e experimentar frustrações sem fim.

Chorou por muitas horas, em silêncio, velando crianças que já perdiam a inocência, que já tinham olhares de malícia, que disputavam preferências e que, no futuro, talvez mal se dessem as mãos em alguma festa ou enterro de família. Chorou pelo tempo perdido e decidiu não desperdiçar mais nada.

Chorou sem amor.

Viu que nada podia fazer por aquelas criaturas que, dia a dia, se transformavam e mais preocupações geravam, retumbando sem cessar os pedidos, as vontades, as exigências, explodindo de voracidade e insatisfação. Teve plena consciência de estar diante de dois seres estranhos, a depositar nele tormentosos deveres para prover-lhes a segurança e as coisas que desejavam, cada vez mais coisas.

Dois eternos pedintes de afetos e predileções, jamais contentes e perpétuos recriminadores de tudo o que por eles fosse feito.

Já não chorava quando deixou o quarto dos filhos adormecidos. Sentiu-se extraordinariamente aliviado ao sair, para nunca mais voltar.

Naquela noite, antes de voltar para casa, ele realizara sua primeira missão e sentira a culminância do prazer que, desde o primeiro encontro no saguão do hotel, desfrutara.

Sem culpa, receio e arrependimento, empreendeu os novos rumos de sua vida, indiferente às consequências. Livre e inebriado, saiu levando a roupa que vestia.

Nada queria daquela vida que abandonava, sem dever explicações. Nada havia naquela casa pelo que tivesse apego.

XVIII. ARDÊNCIA E COMICHÃO

Elisa arfava, as lágrimas e o suor misturavam-se na face e desciam pelo pescoço até chegar aos seios seminus. Sentiu-se exposta como nunca, indefesa diante de um louco que planejava torturas horríveis.

O esparadrapo úmido na boca estava insuportável. Mal podia respirar, e a coceira aumentava. Tentou, com a língua, afrouxar a mordaça, mas os lábios estavam tão comprimidos que não conseguia ultrapassá-los.

As cordas, nos pulsos e nos tornozelos, entravam na carne. Sua nuca parecia de pedra. Ia morrer de sede. Por que não desmaiava?

Implorava com os olhos, mas o homem permanecia impassível, um vulto e uma voz cansativa que contava coisas que ela não queria saber.

Por que ele estava fazendo aquilo com ela? Quando ele abriu sua blusa, achou que ia ser apalpada e estuprada. Mas o homem apenas olhou e, com aterrorizante delicadeza, limpou suas lágrimas.

Qualquer movimento do corpo apertava mais as cordas, aumentando a dor. Os lábios estavam dormentes, e a comichão crescia.

Ah, se pudesse coçar os lábios com as unhas! Fechou os olhos tentando perder a consciência, livrar-se do tormento, quis morrer, onde estava o pai? Só o pai poderia salvá-la, por que ele não aparecia?

Tinha confiança cega no pai, e a esta altura – que horas seriam? – ele deveria saber que ela tinha desaparecido. Com toda a certeza, o sequestrador tinha feito seu pedido de dinheiro, o que estava acontecendo? Por que tanta demora?

XIX. DESCOBERTA

PESSOAS DOS MAIS VARIADOS TIPOS PADECIAM DO MAL PARA O QUAL ELE oferecia a cura.

O primeiro cliente, quando tudo começou, era professor. Quanto desespero naquele rosto! Não tinha referências para decidir coisas simples, como ficar sentado ali no saguão daquele hotel ou ir para casa. O pânico fluía pelo homem como um gel viscoso, e, sabe-se lá a razão, resolveu contar a ele, um completo desconhecido, todo o seu problema.

Para ele foi como se abrissem as portas do Paraíso.

Percebeu, naquele instante, que a vida, tal como a vivia, estava prestes a acabar e que tinha encontrado um bom motivo para uma mudança radical.

Na manhã seguinte, ligou. A voz do outro tremeu quando confirmou o encontro que lhe propôs e ao qual compareceu, levemente disfarçado.

Mais calmo, o professor descreveu seu drama, as circunstâncias e os detalhes, respondendo a todas as perguntas.

Quando se despediram, havia a promessa de um contrato entre eles, a ser selado no fim daquele mesmo dia.

Percebeu que o prazer era completo desde o primeiro contato até os preparativos, a organização, a pesquisa, a montagem do projeto e a execução. O prazer aumentava gradativamente e, quando concluiu o trabalho, foi como um orgasmo prolongado, um suplício de prazer descomunal, maior do que qualquer ejaculação.

Nunca mais viu aquele cliente, nunca mais foi visto por ele.

Pensou muito sobre a forma de oferecer ao público seus serviços. Era preciso paciência, era preciso criar um personagem, um nome e uma forma de contato. Um *modus operandi* que jamais o ligasse ao personagem e, ao mesmo tempo, o pusesse no mercado para atender exclusivamente àquela clientela.

Foi um período agitado pela saída de casa e pelas questões legais do divórcio, durante o qual se ocupou em conseguir um local para morar, tendo o cuidado de manter o escritório de contabilidade funcionando.

XX. FAZER E DESFAZER

– Você sabia que desfazer um casamento dá um trabalho danado? Destruir é mais fácil do que construir, mas, quando se trata de um casamento, acontece o oposto. Você casa, e, a partir daí, inicia-se o movimento constante de divisão e acúmulo. Você se torna a metade do que era, perde a individualidade, passa a ser conhecido como um casal para todos os fins sociais, morais e econômicos. Ao mesmo tempo, você acumula hábitos, interesses e coisas comuns. Há uma constante companhia para a sua solidão e uma perpétua segunda opinião para as suas decisões. Nada mais é seu, e tudo é de vocês. O casamento desfeito equivale a um difícil retorno à identidade pessoal, que você nem lembra mais qual é. Precisa se desfazer do que é comum e readquirir o que é exclusivamente seu. Você tem de reaprender a tomar decisões sozinho, a se gostar sozinho e a conviver consigo mesmo, sem censura ou apoio. Não é tarefa fácil, e, se você não estiver totalmente determinado, pode escrever que vai se incomodar e sofrer. Se você tiver filhos, nunca mais estará livre do outro, a não ser que aja de forma radical, sem concessões e com absoluta impessoalidade. Esse caminho eu percorri incólume, porque vi tudo com clareza, não senti culpa, remorso ou outras bobagens sentimentais com relação à minha mulher e aos meus filhos. Fiz a coisa com a máxima rapidez e, em poucos meses, eu estava euforicamente sozinho para executar minhas novas atividades.

XXI. TAIANE

Para Taiane, a saída dele de casa foi um choque. Quando o conheceria, há doze anos, vira nele a segurança e a maturidade com as quais sonhava. Os rapazes da sua idade eram quase infantis e, na grande maioria, ainda moravam na casa dos pais.

Aquele homem, dez anos mais velho do que ela, era a promessa da vida tranquila e segura que desejava. Era uma mulher de poucas ambições, vinda de uma família simples e bem estruturada. E era o que queria: uma vida simples e estruturada.

Ele tinha um escritório de contabilidade, estava bem estabelecido na vida, gostava dela e era sempre gentil e carinhoso. O tipo de homem simples, sem graça até, mas capaz de satisfazer as necessidades básicas dela.

O sexo entre eles era bom e regular. Nada de arrebatador, mas sempre gostoso, suave. É verdade que, às vezes, ela sentia falta de algo mais selvagem, de ser amassada, virada de quatro, invadida com força, mas não se permitia ir além da fantasia, que cortava prudentemente pela raiz. Estava bem assim, cuidando dos filhos e do marido, e não poderia deixar que tudo se estragasse por causa de suas bobagens.

Ela sabia como fazer as coisas. O marido era fascinado por suas coxas, e a coisa mais fácil do mundo era mostrá-las quando estava a fim. Saia curta, *shorts* ou até mesmo uma cruzada de pernas bastava: ele se acendia como uma lâmpada, tossia quando o desejo era grande e o pescoço ficava rijo.

Ela se divertia, provocando essas reações no marido. Ele, por sua vez, parecia totalmente satisfeito com a família e a vida deles. Era calmo, carinhoso com os filhos e com ela, nada dado a exageros ou desvios, um homem apegado.

E, de repente, ele sai de casa sem dizer uma única palavra e assim permanece até conseguir o divórcio, que ela não desejava. Acreditava que ainda era possível manter o casamento, mas ele se recusava a falar. Quando abriu mão de tudo o que eles tinham em favor dela e obrigou-se a pagar uma pensão elevada para ela e para os filhos, percebeu que não havia volta, ele estava irredutível.

A vida dela, organizada e previsível, mudou da noite para o dia, e Taiane não foi informada dos motivos.

Tentou muitas vezes saber os motivos dele, e tudo o que obteve foi o silêncio. Imaginou que ele tivesse se envolvido com outra mulher, embora não acreditasse nisso. A vida metódica que levava e que, no início do casamento, ela achava até chata, não tinha espaço para uma aventura. Ele repetia diariamente os mesmos trajetos, ia aos mesmos lugares, quando poderia ter se envolvido com outra?

Mas era tão estranho o acontecido que ela cogitou conversar com a Alemoa, saber se ela havia notado alguma coisa, se ele andava diferente ou tinha feito algum comentário.

Desistiu da ideia. Com certeza a Alemoa – que ela tinha visto pessoalmente apenas duas vezes – de nada sabia. Nas raras vezes em que ligava para o marido no escritório, tudo o que ela ouvia da Alemoa era "alô" e "um minuto". Em doze anos, o marido não mencionou a Alemoa uma única vez, ela até duvidava da existência da mulher.

Sem alternativas, concedeu o divórcio, que foi assinado e homologado na Justiça, sem que eles tivessem de trocar uma única palavra.

Agarrou-se aos filhos com as forças que tinha e, como fazem as mulheres diante da desgraça, foi à luta.

XXII. MARKETING OCULTO

Ele, por sua vez, naquele intervalo até o divórcio, pensava no modo de oferecer seus serviços sem escancarar a natureza deles. Não pretendia ser identificado, manter contatos pessoais com clientes nem deixar pistas que revelassem o que realmente fazia.

Acertou na primeira tentativa: um anúncio nas páginas dos classificados de jornal resultou em duas respostas. Exultou. Dois casos era muito bom, porém tinha de escolher um deles e fixou sua primeira regra de trabalho: um caso de cada vez.

As respostas colocadas na caixa postal não diziam muito, apenas um telefone para contato e um nome. Escolheu na sorte, cara ou coroa. Deu coroa.

Não ia privar-se de nenhuma etapa do prazer, nenhuma mesmo, e ele começava no momento do primeiro contato com o cliente.

Havia um porém: ele não podia aparecer na frente do cliente assim, com a cara limpa e a coragem no bolso, arriscando ser identificado e delatado à primeira pressão. Grande parte do sucesso está no anonimato, pois o cliente contrata um inexistente, alguém que nunca mais será o mesmo e que ele nunca verá. E, mesmo que queira, não vai ter como descobrir.

Tudo dependeria do seu modo de comunicação, pois o cliente teria de pagar adiantado, sem garantia nem certeza da execução do serviço.

A tarefa ocupou praticamente todo o seu tempo, não era nada fácil. Com o primeiro cliente houve contato pessoal – risco que ele não correria novamente –, o que deu mais credibilidade à proposta. A questão era: como convencer alguém por telefone a entregar-lhe uma alta quantia em dinheiro, numa caixa postal anônima, mediante a promessa de um serviço que não seria realizado antes de três meses?

Diante do anonimato absoluto, um futuro cliente satisfeito nem sequer teria como indicá-lo, o que fazia com que cada novo projeto exigisse as mesmas técnicas de persuasão.

O tema era muito complexo, com variantes infindáveis. Concluiu que não havia a maneira perfeita de agir e optou pelo caminho mais simples: dizer ao potencial cliente a verdade.

Tudo dependeria do grau de desespero do interessado.

XXIII. ARREPIOS E JOANETES

Uísque é uma bebida com dupla personalidade: estimula e relaxa ao mesmo tempo, se ingerido na dose certa. Passe um pouquinho do limite, e lá se vai o estímulo e o relaxamento. Você ingressa no mundo distorcido da embriaguez, coisa ruim de encarar. As ideias se confundem, a lucidez vai embora, e você faz todo tipo de bobagem. Cuidado com o uísque, costuma dizer.

Antes de cada missão, toma três goles, o suficiente para amenizar os efeitos da adrenalina atirada aos borbotões em sua corrente sanguínea.

Uma unha causou problemas, ficou presa no lençol. A de sempre, a do dedo médio do pé direito. Unha rebelde que teima em exigir mais reparos e mais lixação do que as outras.

Sente a aspereza bem no cantinho, onde é difícil alcançar com a tesoura. Trabalho certo pela frente, que encara cortando do ladinho e depois lixando vigorosamente, até senti-la totalmente lisa.

Não gosta dos aparelhos de cortar unhas. Com tesourinhas, o contato é direto, as argolas encravando-se nos dedos das mãos, e as lâminas fluindo sobre as unhas saltitantes ao desligar-se do pé. A tesourinha é mais humana. Cortador de unhas é frio, impessoal, muito tecnológico. Aperta-se de um lado para a lâmina cortar do outro. E encaixar a lâmina na unha exige habilidade extra. Qualquer erro é fatal, e corta-se a carne do dedo.

E arrepia mais.

Acredita que na ponta dos dedos dos pés passam feixes nervosos que ficam sensíveis quando desprotegidos por unhas compridas.

Talvez, ou é psicológico, algum recôndito de sua mente não tolera que o corpo perca qualquer pedaço.

Volta para a cama e se estica, observando as unhas lá na ponta, cortadas e aparadas. Gosta daquilo, passa uma boa sensação de limpeza.

Odeia joanetes. Considera pé com joanetes uma ofensa pessoal. Ninguém tem o direito de exibir seu pé torto para outras pessoas. Tolera qualquer outra deformidade, mas joanete não. Aquele osso saliente que empurra os dedos para um lado é horrendo. Sente raiva de mulher com joanete, como se fosse um desaforo premeditado, obrigando-o a ver a imagem feiosa de dedos torcidos, querendo ou não.

Não é obrigado a olhar, alguém diria. Mas como não olhar? Pé de mulher com joanetes é tão hipnotizador como olhos de cobra. Aparece e não dá para não ficar observando.

E fica aquela deformação balançando na sua frente, com ar de desprezo e desafio. Se tiver unhas compridas e calos então...

XXIV. SER O MESMO

– Você é jovem para saber, mas acredite em mim: o horrendo também pode ser fascinante. Meus pés não têm joanetes, e os seus também não, meu anjo. Aliás, seus pezinhos são muito bonitos. Um disfarce eficaz é modificar, com sapatos, a forma e o tamanho dos pés. Outro é aquele em que você fica parecido consigo mesmo. Algum conhecido olha para você, faz menção de cumprimentar, fica em dúvida, olha de novo, acha muito parecido, mas não, não é você. Você não é tão curvado, seu cabelo é mais escuro, o rosto é quase igual, mas possui muitas rugas, você não tem um cocuruto no nariz, seus pés são menores, são pequenos detalhes que se tornam marcantes no momento da comparação. Além da atitude, porque você é mais altivo, enquanto aquele parece um tímido perdido por ali. O inconveniente desse tipo de disfarce é que não pode ser usado muitas vezes. De tanto aparecer alguém muito parecido com você, vão acabar concluindo que você é você mesmo, e aí você se ferra.

XXV. O CRIME PERFEITO

Gosta dos romances policiais antigos, escritos por autores norte-americanos.

Um dos seus favoritos conta a história de um homem obcecado pelo crime perfeito.

Durante anos, e em segredo, um bem-sucedido advogado de Nova York imaginou cometer o crime perfeito, até que, numa noite, colocou uma pedra dentro do carro e saiu dirigindo pela cidade.

Num bairro distante viu um mendigo dormindo no chão, encostado em um muro. Desceu do carro com a pedra na mão, certificou-se de que não havia ninguém por perto e esmagou a cabeça do mendigo, até vê-lo parar de respirar.

Entrou no carro, jogou a pedra num riacho e voltou para casa com o coração disparando. Embora menos culpado do que imaginara, não dormiu, esperando ansioso pelo que aconteceria quando o corpo fosse descoberto.

Mas nada aconteceu.

Dois dias depois, uma nota de rodapé do jornal noticiava que um mendigo fora encontrado morto com a cabeça esmagada. A polícia suspeitava de gangues adolescentes que costumam atacar mendigos.

Passaram-se meses, e ele quase esqueceu que havia matado um homem. No início exultou, pois finalmente cometera um crime perfeito, um assassinato sem solução nem punição.

A obsessão retornou porque a experiência não fora completa: faltara o ingrediente principal, a suspeita sobre ele. Aquele crime não teve sentido, qualquer um podia fazer aquilo e jamais seria descoberto.

Resolveu que o crime, para ser perfeito, deveria conter um desafio para o criminoso. Uma possibilidade de se tornar suspeito e ser incriminado. Requeria engenho e arte, estratégia e criatividade.

Ele havia cometido um crime banal, aquém da sua compulsão. O crime perfeito tem de repercutir na sociedade, deve ser executado com a técnica de um jogo de xadrez, gerar uma brincadeira de gato e rato entre ele e a polícia, acompanhada por milhões de pessoas por meio da mídia.

Um crime com ingredientes desafiadores e emocionantes, culminando na sua impunidade, seria o perfeito.

Dedicou-se a traçar o perfil da futura vítima. Alguém próximo a ele e importante na sociedade para gerar notícias e manter acesa a curiosidade da população, até a polícia admitir seu fracasso.

A vítima seria um de seus amigos mais chegados. Escolheu cinco e escreveu seus nomes em pedaços de papel, que dobrou cuidadosamente. Com os olhos fechados, misturou e retirou um. Depois rasgou e queimou os fragmentos, jogou as cinzas na pia, abriu a torneira e viu os últimos vestígios escoando pelo ralo.

O sorteio eliminava a culpa de escolher. Deixando ao sabor da sorte, ficava isento de autorreprimendas morais e pesos na consciência.

O eleito pelos fados foi um amigo de quem ele gostava especialmente, de muitos anos e de convivência frequente.

Lamentou ter sido aquele o escolhido e resistiu ao desejo de fazer um novo sorteio, em nome da própria honestidade intelectual e moral.

Não seria ético e ele era um homem que não compactuava com fraudes.

Teria de ser e parecer um assassinato que poderia ser cometido por qualquer um, inclusive por ele, desde que houvesse motivos. Ele não sabia se alguém tinha motivos para assassinar o amigo e não se recordava de ter um. Mas ao longo da investigação isso certamente apareceria. O romance não explicava como ele conseguiu um revólver, apenas dizia: "depois de conseguir um revólver, John...". Esse é um dos males da literatura, os autores pulam detalhes importantes como se eles não existissem na vida real.

– Eu sei o quanto é difícil conseguir um revólver às escondidas, embora nos Estados Unidos seja mais fácil. E na época em que o livro foi escrito, era mais fácil ainda. Mas o autor do livro não se preocupou com isso, deixou ao leitor a tarefa de imaginar ou ignorar o detalhe. E estava certo: o leitor é o imbecil que está lendo o livro dele para se alienar da realidade. Então não vai se preocupar com detalhes dessa ordem e presumirá que o cara sabia como conseguir um revólver, tanto que conseguiu e ponto-final. O autor do livro também não perdeu tempo contando detalhes da amizade entre o criminoso e a vítima sorteada. Foi direto ao que interessava à história.

A vítima costumava passear com seu *dobermann* todas as noites após o jantar. Ele dava uma volta completa no quarteirão da rua onde morava, num bairro de classe média alta, nas proximidades do Central Park.

O assassino, dentro do carro, esperou o amigo no lado oposto da rua. Quando o avistou dobrando a esquina, aproximou-se lentamente com o vidro abaixado, pois não havia ninguém mais na rua escura. Quando cruzou com o amigo, disfarçou a voz e chamou-o pelo nome. A vítima se aproximou e sorriu quando viu quem era. O tiro foi no meio da testa, e o homem caiu com o sorriso ainda no rosto. O cachorro começou a latir e ele acelerou, dobrando na primeira esquina, indo diretamente para casa, em outro bairro da cidade.

Cerca de vinte minutos depois, entrou no elevador, dirigindo-se ao décimo andar, onde ficava seu apartamento. Abriu a porta com a chave, chamou pela mulher, que ouvia rádio, mandou um sorriso e foi, como de hábito, tomar banho. Depois veio para a sala conversar com a esposa e os três filhos pequenos, aguardando a hora do jantar.

Nada em sua figura denunciava o que havia feito. Estava agindo como em todos os demais dias de sua vida.

No velório, mal conseguira se mover na capela mortuária, de tanta gente que havia comparecido.

Durante o enterro, ele era o mais consternado. Chorava sentidas lágrimas e revelava revolta e inconformidade com a morte do amigo, pessoa muito benquista e com grande círculo de relações.

A notícia do assassinato caiu como uma bomba na cidade.

Era o tipo de crime que vendia jornais, e a imprensa ocupou-se do assunto como matéria prioritária, acompanhando as investigações, a tentativa de reconstituição do crime, fazendo estardalhaço e acusando a polícia pela morosidade e por não ter encontrado um suspeito.

– Lembre-se, meu bem, de que na época da história não havia internet, as comunicações eram mais difíceis, pouquíssima gente usava cartão de crédito, o dólar valia muito mais do que hoje, e um homem, nos Estados Unidos, podia ser tão obscuro quanto quisesse.

Pressionada, a polícia realizou uma investigação séria e profunda. Vasculhou a vida da vítima e de todos os que tinham relações com ela. O problema é que o morto não tinha nenhum segredo. Era um tipo raro de pessoa, que jamais transgrediu ou cometeu qualquer deslize grave. Não foi encontrado quem desgostasse dele ou que pudesse ter um ínfimo motivo para matá-lo.

Quando o advogado foi chamado para o interrogatório, enfrentou o olhar inquisitorial dos dois investigadores na saleta da delegacia. Respondeu a todas as perguntas, disse quase toda a verdade e foi liberado, deixando nos policiais a convicção de que ele era inocente.

O criminoso ficou dividido entre dois sentimentos: a dor pela morte do amigo e o prazer de acompanhar os esforços policiais terminando num beco sem saída. As mais bizarras teorias para o crime foram cogitadas. Um famoso repórter policial argumentou que poderia haver uma conspiração internacional em andamento, uma vez que a vítima tinha relações com várias indústrias no exterior para quem sua fábrica fornecia componentes e peças. O repórter estava convencido: o crime era um episódio da espionagem industrial, provavelmente a vítima havia descoberto alguma coisa e por isso foi eliminada.

Uma única testemunha, morador de um prédio que estava com a janela aberta no momento do crime, disse ter ouvido alguém dizer o nome de alguém, pouco antes do tiro.

Mas não soube dizer qual foi o nome e nada vira. Quando ouviu o tiro, foi à janela e viu o corpo caído e um *dobermann* latindo e ganindo, girando ao redor do cadáver. Só.

Durante semanas o crime foi discutido nas rodas, mas aos poucos, pela falta de novidades, o interesse do público diminuiu, saiu do ar, dos noticiários e das conversas, e não demorou muito para que um novo crime espetacular dominasse o interesse das pessoas.

Sem outra alternativa, a polícia concluiu que fora uma tentativa de assalto, frustrada pelo cachorro da vítima.

Nenhum dos habituais informantes dos policiais sabia de nada, nenhum ladrão conhecido enquadrava-se no perfil do crime, todos os álibis estavam comprovados.

O caso foi encerrado e colocado no enorme arquivo de crimes sem solução, nos porões da delegacia de homicídios.

Ele se regozijou, tinha cometido um crime perfeito completo, com todos os ingredientes. Provara que era capaz e iludira a polícia.

Porém, o prazer se esvaiu como da primeira vez, dando lugar à frustração. Cometera um crime perfeito e onde estava a glória? O reconhecimento e o aplauso? Para quem se gabar do grande feito?

Ele precisava de algo mais arriscado e perigoso, algo que pousasse os olhares da suspeita diretamente sobre ele. Jogo de gato e rato a valer, a polícia sabendo que era ele o criminoso, colhendo indícios e elementos, fortalecendo as suspeitas, e nada conseguindo provar. Um crime de tal forma perfeito que todo mundo tivesse certeza da sua autoria, mas, no entanto, ninguém pudesse acusá-lo. Um crime em que ele estivesse no centro dos acontecimentos, manobrando as peças, desviando os rumos, sugerindo falsos caminhos, montando quebra-cabeças, algo que fosse divertido, perigoso, emocionante.

Foi com legítima tristeza que concluiu que, para alcançar seus objetivos, teria de matar a própria esposa.

Ele seria o suspeito natural e demonstraria ao mundo que era capaz de cometer o crime perfeito. Planejou e executou passo a passo o seu plano.

– Não recordo os detalhes, há muitos anos li esse livro, mas me lembro perfeitamente de que a arma do crime foi uma faca.

As suspeitas recaíram sobre ele, o marido da vítima, ao natural. A polícia tentava descobrir a arma do crime e o motivo mas, por mais que procurasse, não encontrou nem uma nem outro.

Quando veio à tona a existência de um seguro, feito poucos meses antes, em que ele e a esposa eram mútuos beneficiários de um grande valor, os investigadores pensaram ter encontrado o motivo.

Porém, ele demonstrou que não precisava do dinheiro do seguro, estava com sua vida econômica e financeira em excelentes condições. Aquele dinheiro não tinha qualquer urgência ou utilidade imediata.

Deixou a polícia aturdida quando doou a totalidade do prêmio do seguro a uma instituição de caridade, num ato de generosidade que praticava em homenagem póstuma à sua mulher, brutalmente assassinada.

Durante o segundo interrogatório a que se viu submetido em pouco mais de um ano, perante os mesmos detetives do caso anterior, manteve a mesma atitude, digna e pesarosa. Indagado sobre o seguro, ele declarou, mal contendo as lágrimas, que fora ideia da esposa, uma espécie de garantia para dias futuros.

O casal se dava bem, não havia nada de anormal na relação deles, não descobriram casos de infidelidade ou perversões.

A mulher simplesmente aparecera morta a facadas, sem nenhum sinal de outra violência, roubo ou estupro.

E não havia a quem acusar.

Um dos detetives ligou os dois casos. Dois homicídios não esclarecidos envolvendo pessoas das relações do suspeito era uma coincidência a ser levada em consideração.

Seguindo essa linha de investigação, tentou de todas as maneiras relacionar um caso ao outro, e nada conseguiu.

Chamou o suspeito para interrogatórios, e o criminoso divertia-se com as tentativas e os truques dos policiais, a repetição das perguntas e das ameaças. Numa das vezes, perguntou se, afinal de contas, ele era um suspeito. O detetive sugeriu que ele chamasse um advogado. Ele respondeu que não precisava de advogado, a menos que o detetive resolvesse prendê-lo e, nesse caso, que fizesse logo uma acusação.

Sem alternativas, o detetive desistiu, liberando-o em seguida.

O homem saboreou o seu triunfo.

O autor do romance filosoficamente considerou que, como em tudo na vida, os triunfos são fugazes e passageiros.

Por isso, meses depois, o conhecido tormento voltou a fustigar a vida do criminoso: de que lhe adiantava ter cometido três crimes perfeitos sem que o mundo soubesse de feito assim, tão grandioso?

A angústia transformou-se em desespero, ele precisava contar a alguém, era imperioso, superior às suas forças.

Não queria mais matar porque não se considerava um assassino. Havia comprovado a sua teoria, mas não era o bastante, porque o mundo devia saber ou de nada valeria a conquista.

Procurou um padre e perguntou se o sigilo do confessionário abrangia crimes. Calculou que seria uma forma de revelar seu feito sem correr riscos. Porém, o padre respondeu que para crimes capitais não havia sigilo, competindo ao sacerdote revelá-los às autoridades.

Para não levantar suspeitas, agradeceu pela informação, dizendo que ficara curioso a respeito após ler um artigo eclesiástico numa revista no consultório do dentista.

Cogitou de perguntar a mesma coisa a um psiquiatra, mas desistiu. Não tinha qualquer vontade de revelar-se em tratamentos psicoterápicos.

Imaginou viajar para outro país e, em algum bar, contar a história para um completo desconhecido, que não acreditaria nele e esqueceria o assunto tão logo passasse o porre.

A obsessão anterior de cometer o crime perfeito deu lugar à obsessão de revelar ao mundo sua obra.

Descontrolava-se por qualquer coisa, a ponto de ofender um taxista e levar um soco na cara durante uma discussão por vaga de estacionamento. Tomou, então, uma atitude: na manhã seguinte saiu de casa e, em vez de ir para o trabalho, dirigiu-se à delegacia de homicídios.

Pediu para falar com os detetives que o haviam interrogado e confessou os três crimes, contando todos os detalhes, inclusive os locais onde se desfizera das armas.

O livro termina quando ele, com ar vitorioso, diz aos detetives que havia conseguido demonstrar ser possível cometer o crime perfeito, tanto que ele cometera três. E, se não fosse a sua confissão, ficariam para sempre sem solução.

– Eu demonstrei ao mundo que o crime perfeito existe – declarou exultante.

– Mas veio confessar – disse o detetive.

– O mundo precisava saber... A glória... A admiração...

O detetive que mais desconfiara dele algemou o criminoso e disse:

– Foram os seus motivos que obrigaram o senhor a confessar. O senhor queria provar uma tese insana e por isso matou três pessoas. O senhor provou exatamente o contrário do que queria provar: que não existe crime perfeito. Conhece o antigo ditado? O criminoso sempre volta ao local do crime.

XXVI. DISFARCES

– Ou confessa, acrescento eu. Talvez o detetive do romance estivesse certo e não exista mesmo o crime perfeito. Se o assassino necessitava se exibir daquele jeito, devia ter algum tipo de doença mental. Bem, se não existe o crime perfeito, com toda a certeza existe o crime que não pode ser solucionado, você pode acreditar nisso, meu bem. E, para sua informação, não sinto qualquer compulsão de revelar ao mundo as coisas que faço. Muito pelo contrário, o anonimato é meu maior trunfo. Em todos os meus disfarces, deformo os pés. Sapatos tortos e dois números acima produzem um extraordinário efeito visual a ponto de tornar alguém irreconhecível. Deixo-os bem à vista, porque qualquer eventual testemunha certamente irá descrevê-los, atrapalhando ainda mais a investigação. A maior parte das pessoas olha-se a partir dos pés, isto é, de baixo para cima, pés feios chamam imediatamente a atenção e são a primeira coisa lembrada numa descrição. Bigodes, barbas e perucas funcionam melhor como peça única. Você enfia a peruca na cabeça, encaixa a barba no queixo e os bigodes sobre o lábio. Perfeito. Evito, sempre que possível, as peças individuais que raramente têm o mesmo tom, as colas não são confiáveis, e por causa da insegurança corro o risco de revelar que estou disfarçado. Porém, quando for indispensável, uso colas da melhor qualidade. Aumento a altura colocando saltos falsos nos sapatos, uso roupas maiores com enchimentos, que aumentam o meu volume, ou menores, que dão a impressão de que estou malvestido, que minhas calças e camisas apertadas são velhas e fico parecendo andrajoso. Mas o que é fundamental no disfarce é a postura. É a expressão do corpo que identifica você, mais do que qualquer traço. Se você se cobrir dos pés à cabeça e circular entre seus amigos caminhando do jeito que anda, fazendo os gestos que faz, em poucos minutos será identificado. Mas, se você se curvar, capengar, exibir gestos diferentes, estufar ou encolher a barriga, durante horas permanecerá como um estranho, por mais que tentem adivinhar quem você é. E não se esqueça: caso você não tenha o dom de mudar a voz, não fale. Aja em silêncio. Com os romances policiais aprendi técnicas, alguns padrões de atuação e truques eficientes. Mas aprendi também que os escritores são exemplares patifes a nos induzir, enganar e surpreender, tudo em nome da sagrada missão de nos alienar. Por isso eu não dou a mínima para a literatura. Nem para qualquer arte. No caso do crime perfeito, o que você teria aprendido? Que ele não existe? Bobagem, minha criança. O personagem foi moldado pelo autor para chegar àquele final e à grandiosa última frase, garantindo o forte efeito. Na vida real existem incontáveis crimes perfeitos cometidos a toda hora no mundo inteiro. Crimes que não ocupam mais do que dois dias, se tanto, da atenção das pessoas. Os crimes literários nada têm a ver com a realidade. As coincidências estão sempre a favor do escritor, os fatos se sucedem em ordem e perfeita lógica, e você só recebe as informações que ele quer fornecer, para que, ao chegar ao fim do livro, se surpreenda com o desfecho e fique convencido de que aquele era o único possível para o caso. Se o autor for bom, você verá que poderia ter descoberto a trama sozinho, bastava ter pensado um pouco. Jamais, eu repito, jamais acredite no que um autor está lhe contando. Ele deseja enganar você o tempo todo, explorar o seu sentimentalismo, apelar para as suas emoções mais primitivas e baratas. Ele adora assustar você ou fazer você rir. Leia o que ele escreveu com um pé atrás, procure as entrelinhas, decifre os códigos, transforme-se em mais um personagem; caso contrário, você não estará se alienando e vai achar o livro uma droga. Um quadro, por exemplo: você gosta ou não gosta das cores, das figuras, do tamanho, ou seja, daquilo que você vê. No entanto, há aqueles quadros dos quais você é *obrigado* a gostar por se tratarem de "obras de arte". Os críticos usam uma terminologia sincrética, destinada mais a valorizar a própria crítica do que dar sentido à obra. E são imitados, com hipócrita compreensão, pelos denominados consumidores de arte. Servem-se de termos destinados a valorizar o mercado de artes, de todas as artes. Quanto mais difíceis e incompreensíveis forem, maior será o valor pecuniário da obra e a quantia que os envolvidos poderão ganhar: autores, distribuidores, *marchands*, críticos, livrarias, lojas, orquestras, salas de cinema, estúdios de televisão, um imenso mercado financeiro a atribuir maior ou menor valor a tal obra, e a garantir o sustento e a fortuna. Na verdade, querida, a civilização é feita de palavras, e as palavras são tão inúteis quanto vãs. Não confie no que lhe dizem porque não passa de repetição, e repetição nada mais é do que repetição.

XXVII. OS DEZ MANDAMENTOS

Após executar a primeira missão – como chamava – e mudar totalmente de vida, resguardou-se por um tempo, pois fora visto pelo cliente e poderia ser reconhecido.

Seis meses se passaram, e, como nada aconteceu, sentiu-se seguro.

Aproveitou para pensar nas implicações morais, legais e religiosas da atividade que escolhera, avaliando seus motivos e na compreensão da inutilidade da existência. Buscou em si mesmo, com honesta determinação, algo condenável que pudesse impedi-lo de continuar.

Pôs-se a estudar os dez mandamentos que Moisés tão gentilmente impôs ao povo judeu e, por tabela, ao resto da humanidade. Não sem antes exterminar a ferro e fogo os inocentes adoradores do bezerro de ouro, escolhido pelos maltratados fugitivos do Egito como símbolo e objeto de adoração, orgias, bebedeiras e sacanagens. Não compreendeu, o ilustre legislador, que o povo queria se divertir um pouco, depois de séculos de escravidão, e que ali, ao pé do Monte Sinai, dias e dias se passando sem nada para fazer, não havia nada mais justo do que fazer um festão enquanto Moisés batia seu papo solene com Deus.

Decidiu sistematizar o estudo, procurando em cada mandamento, pela ordem, algum impedimento para suas atividades.

O primeiro mandamento afirmava categoricamente que foi Deus, o Senhor, que libertou seu povo da escravidão do Egito.

Até aí tudo bem.

Moisés libertou os judeus do Egito e achava que era deus deles. Não sabia em que língua os judeus escravos do Egito falavam nem o significado da palavra deus naquela época. Os egípcios, por exemplo, adoravam o Sol, adoravam também um deus com cabeça de águia. Por que os judeus não podiam adorar um impressionante homem de barbas e cabelos compridos e brancos (é o que se supõe), segurando um cajado numa mão e as tábuas da Lei na outra, a esbravejar com sua suposta voz grave e bem empostada?

O primeiro mandamento podia ser posto de lado, já era uma página virada do folhetim.

O segundo era mais complexo: "Não terás outros deuses na minha presença nem adorarás ídolos, imagens ou esculturas".

Refletiu bastante sobre o assunto. Afinal, outros deuses eram adorados antes de Moisés e continuaram sendo depois dele. Perdeu a conta de quantos deuses oficiais há atualmente e da quantidade de ídolos, imagens e esculturas a quem são atribuídos poderes divinos nas religiões controversas, contraditórias e até inimigas entre si. Era certo que os judeus permaneceram firmes na adoração de um único mito, mas e os outros? Os convertidos? Os que nunca ouviram falar em Bíblia ou dez mandamentos? As imagens dos santos, os deuses espíritas, os filhos de Deus, profetas, visionários, videntes e toda essa gente que habita e ganha a vida com o imaginário febril de multidões de crentes nada tinham a ver com ele e suas novas atividades. Zero para o segundo mandamento também.

Até agora, ele poderia dormir tranquilo.

O terceiro mandamento proibia jurar em nome de Deus ou usá-lo em vão.

Sorriu com ironia pensando que, se isso condena alguém ao inferno, o céu está vazio. Ninguém jura e usa mais o nome de Deus em vão do que um religioso, pertença ele a que religião pertencer. E entre os mortais comuns, é Deus para cá, Deus para lá, eu juro por Deus que não comi o sorvete, eu juro por Deus que não comi a sua filha, eu juro por Deus que amanhã eu te pago...

Ele jogou o terceiro mandamento na lixeira com os restos de um ravióli à putanesca descongelado que tinha acabado de comer.

O quarto mandamento mandava respeitar o sábado – que o Novo Testamento mudou para domingo. Aí ele teve de concordar, afinal, ninguém é de ferro, tem de ter um dia de descanso. Mas quem dedica o sábado ou o domingo às preces e ao louvor a Deus, salvo os religiosos, carolas, beatos, ortodoxos e seus respectivos sacerdotes? Trabalha-se nas lojas, nos *shoppings*, nos supermercados, nas boates, nos bares, nos restaurantes, nos cabarés, nos estádios de futebol, nas saunas e nos departamentos municipais de água e esgoto. Considerou puro exercício de retórica o descanso obrigatório, seja no sábado, seja no domingo. Moisés estava dizendo ao povo dele que, durante os quarenta anos que eles vagariam pelo deserto, toda semana eles parariam por um dia inteiro, voltando a vagar no dia seguinte.

Nada a ver com ele, portanto.

Considerou que o quinto mandamento continha uma exigência no mínimo freudiana: "Honrarás teu pai e tua mãe para que se prolonguem teus dias sobre a Terra".

Como se faz isso? Imaginou que, para cumprir à risca essa ordem, ao acordar, todos os dias deve-se ajoelhar diante do pai e da mãe, declarar que eles são honrados e dignos e só depois tirar o pijama e tomar o café. E, se não fizer, *cataplum*, seus dias sobre a Terra diminuirão. Ou seja, quem não agisse dessa forma morreria mais cedo?

O quinto mandamento também não tinha significado algum para ele. Seus pais haviam morrido muito tempo atrás e, de vez em quando, ia ao cemitério pôr flores nos túmulos e curtir um pouco de saudades.

O sexto mandamento, sim, merecia uma reflexão mais intensa, pois lhe dizia respeito diretamente: "Não matarás".

Assim, sem cuspe nem vaselina: não matarás.

Demorou bastante pensando nele, buscando o verdadeiro significado da ordem. Não matar uma pessoa? Um animal? Um inseto? Esse mandamento condenava tribos canibais a morrer de fome? Deus não faria isso, na sua infinita bondade. E as guerras? Deus ia querer que os povos não se matassem em batalhas sangrentas, nas guerras santas travadas em Seu nome? Deus seria contra a Inquisição, que matava na fogueira e na forca os que não se convertessem ao cristianismo ou fossem suspeitos de bruxaria?

Deus não previra a legítima defesa? Própria ou de outrem?

Concluiu que o sexto mandamento era muito abrangente e vago, não contemplava as infinitas hipóteses em que matar era permitido e até necessário. Ele podia se encaixar facilmente numa delas. Se Deus quisesse, teria feito um mandamento específico para o caso dele.

Além disso, as suas missões continham um respeito implícito aos outros mandamentos, seguindo a hierarquia da ordem de numeração e ao corolário evidente, que se extrai do desígnio divino de exigir que cada mandamento fosse obedecido desde que não entrasse em conflito com os mandamentos anteriores.

Se para cumprir um mandamento mais importante fosse obrigado a infringir outro, era o que teria de ser feito. Era o que ele fazia.

O sétimo mandamento proibia o adultério. E isso seria transar fora do casamento? Ter amantes? Quem cometia adultério naqueles tempos, o homem ou a mulher? Ambos? Os judeus podiam ter várias esposas, os sultões, imensos haréns, Sara não foi fecundada por um anjo do Senhor? Maria não foi fecundada pelo Espírito Santo? Abraão e José não aceitaram, na maior boa-fé, que suas esposas fossem tomadas, possuídas e fecundadas por entidades divinas?

Sem dúvida, as suas missões beneficiavam o sétimo mandamento na grande maioria dos casos.

No contexto geral, a divina sétima proibição não era ofendida por suas missões. E no sentido estrito também, porque, estando separado, ele podia transar com quem quisesse, e, se a mulher fosse casada, a adúltera seria ela e não ele.

O oitavo definitivamente não era com ele: "Não furtarás". Nunca furtou ou roubou. Não tinha instinto para isso, somente possuía o que podia comprar.

O oitavo mandamento não lhe dizia respeito.

O nono: "Não darás falso testemunho contra o teu próximo". Esse era tão irrelevante que não pensou nele mais do que um minuto e foi ao banheiro urinar.

Restava o décimo, o mandamento mais hipócrita de todos, cuja ordem é desobedecida ao primeiro sinal de puberdade, seja na mais avançada das civilizações, seja na mais miserável aldeia, nos confins do Universo:

"Não cobiçarás a mulher do próximo, a casa do próximo e nada que pertença ao teu próximo".

Esse mandamento era mesmo muito safado. Cumprido à risca, apaga a espécie humana da face da Terra porque elimina definitivamente o espírito de competição, a iniciativa e a criatividade.

Quer coisa mais emocionante do que cobiçar a mulher do próximo? Paquerar, dar indiretas, sorrisinhos, dizer piadas dúbias, cantar explicitamente e, com jeito e paciência, acabarem na cama?

Como assim não cobiçar a mulher do próximo, a casa dele e tudo de bom que ele tem? O grande Moisés devia estar louco se achou que alguém, em sã consciência, ia acatar tamanho absurdo.

XXVIII. A MULHER DO PRÓXIMO

– Não, meu bem, o mundo não seria mundo se todos resolvessem obedecer ao décimo mandamento, divulgado por Moisés. Quer um exemplo famoso, tirado das páginas do próprio livro sagrado? Da própria Bíblia? É só se lembrar do grande rei David, de Israel, que cobiçava e comia Betsabá descaradamente, a esposa de Urias, o mais valoroso e leal general do reino. David espiava Betsabá banhar-se, enlouquecido de paixão e, por que não dizer, de cobiça. Quando não aguentou mais, mandou Urias, líder de sua tropa, para uma batalha suicida, sem possibilidade de retorno, apenas para poder comer a moça. Justamente ele, David, o homem que derrotou Golias, venceu os filisteus e devolveu ao reino de Israel a grandeza ameaçada pela loucura de Saul. Ele, David, pai do rei Salomão, que descobriu as minas que enriqueceram o reino e procriou com a rainha de Sabá, permitindo aos negros a graça da eleição divina. David não apenas cobiçou a mulher do próximo como mandou matar o próximo. E, sem nenhuma vergonha na cara, cometeu adultério, traindo seu general e sua própria esposa, mãe de seu filho Absalão, o predileto, que se insurgiu contra o pai e foi morto em batalha. Basta pensar um pouquinho para concluir que o décimo mandamento ignora totalmente a natureza humana desde os tempos bíblicos, quando o Senhor falava ao Seu povo por meio dos profetas. Não me oponho à fé das pessoas. Aliás, não me oponho a nada que se refira a pessoas. Gosto de algumas coisas e não gosto de outras. Não estou aqui para convencer ninguém, para julgar ninguém e, para ser franco, para ajudar ninguém. Sigo a vida aproveitando minhas sensações ao máximo, usufruindo cada milésimo de segundo do prazer que posso obter. Porém, não perdi o senso crítico e, quando vejo no que as pessoas são capazes de acreditar para justificarem-se ou para fugir do temor à morte, fico estarrecido, e arrepiam-se todos os pelos do meu corpo. É doentio demais!

XIX. FÉS

Ele não compreende as multidões que, várias vezes ao dia, e em horários predeterminados, se ajoelham em direção ao mesmo ponto cardinal para orar aos brados e lamentos a uma divindade, temendo que, se isso não for feito, ficará tão zangada que será capaz de sabe-se lá quais atrocidades, por simples vingança ou ira.

Despreza os que acreditam em edifícios sagrados ou que lutam e morrem pelo direito de possuí-los.

Fica estarrecido ao ver a devoção de pessoas, com cabeças cobertas por bonés, a temer e adular uma divindade vingativa, ou outras, ajoelhadas diante de estátuas de barro ou qualquer outro material de construção, rogando, prometendo sacrifícios, acendendo velas, entregando oferendas às águas, agradecendo antecipadamente e com fervor fanático por favores ainda não recebidos, para melhorar a mísera existência.

Quando vê, pela televisão, milhares de pessoas adorando um homem fantasiado, pregando paz e tolerância, abençoando vítimas de tragédias e massacres, orando por eles e acreditando na eficácia de tais bênçãos e preces, mesmo que a realidade reitere diariamente exatamente o oposto da pregação, mais se convence do absurdo da existência humana e de que nenhum imperativo ético, religioso ou legal é digno de consideração. Ou é ofendido pela sua atividade.

Exploração do medo e busca pelo poder é como ele define os cultos religiosos.

XXX. ESTELIONATO CELESTIAL

– Posso aceitar que você acredite em alguma origem para a existência, afinal, de um jeito ou de outro, as coisas começaram. Mas não que viva submetida aos ridículos rituais, crendo que gestos, palavras, comidas e objetos são ungidos de divindade. Ou então, querida, não saia de casa numa sexta-feira treze, não passe sob uma escada e, se um gato preto cruzar com você, implore aos demônios do inferno que tenham piedade de sua alma. Só não percebe quem não quer que as religiões constituem a prática de um espetacular estelionato, um modo de ganhar muito bem a vida, encher-se de dinheiro e poder, à custa da ignorância, do medo e da miséria. Nas artes, pelo menos, há um prazer estético acompanhando a alienação. A Bíblia é tão inverossímil, tão escandalosamente infantil, que não resiste à mais ínfima análise lógica. Moisés é um bom exemplo: foi ao Monte Sinai falar com Deus, tirou o povo judeu do Egito e voltou para o Monte Sinai para falar com Deus novamente. Antes disso, dez pragas se abateram sobre o Egito do Faraó, centenas de judeus escravizados foram mortos e torturados, milhares de egípcios ficaram sem comer por causa dos gafanhotos. As águas do mar Vermelho tiveram de ser abertas para que o estropiado povo passasse para o outro lado e, depois, foram fechadas, afogando os soldados egípcios – uma sucessão de tragédias e um escandaloso morticínio ocorreram apenas para que o faraó se convencesse do poder de Jeová. O povo, recém-liberto, ficou lá embaixo, no sopé da montanha, esperando, esperando, e nada de Moisés aparecer. E, quando voltou, depois do bafafá com o bezerro de ouro, estabeleceu as bases do comando de Deus. Por que razão Deus não fez isso Ele mesmo? Não seria muito mais dramático e eficaz se Ele, com sua imponente divindade, se mostrasse a todos, ditasse os dez mandamentos, indicasse o caminho da Terra Prometida e dissesse, em voz clara e totalmente audível, na língua que se falava na época, como é que Ele queria que as coisas fossem? Não seria mais humano e caridoso mostrar-se diretamente ao faraó, revelando-lhe, de uma vez por todas, quem estava no controle, evitando o sofrimento e a matança? Uma demonstração dessas seria irrefutável e não deixaria dúvida à mais cética das criaturas. Mas não, nada disso, a vontade Dele era misteriosa, dissimulada e metafórica. Sua soberba vontade foi transmitida apenas para Moisés, o escolhido, e revelada em lugar ermo, onde ninguém pudesse ouvir, no alto de uma montanha, nas areias escaldantes do deserto. Tudo foi secreto e altamente confidencial. Coube ao bíblico portador da divina mensagem convencer os outros, sem que para isso recebesse um simples muito obrigado celestial. Por que tal divindade, assim graciosa, bondosa e poderosa não se mostra a todos? Por que não se revela em pessoa, comparecendo na plenitude e dizendo, com palavras cristalinas, o que realmente deseja da humanidade? Por uma única razão, minha querida, Ele não existe. Se neste momento você está elevando suas preces ao Senhor, implorando por ajuda, não perca seu tempo, pois você está falando sozinha. Explica-se a insistência dos místicos em exigir constantemente a fé incondicional: ela rende riqueza e poder. Um deus verdadeiro obrigaria o fiel Moisés a vagar quarenta anos pelo deserto até chegar à Terra Prometida, fazendo um caminho que poderia ser percorrido em muito menos tempo – quarenta dias, no máximo – e, como recompensa final, proibiria o coitado de entrar lá? E, além disso, com tanta terra disponível naqueles tempos, condenaria o seu povo eleito, seu povo preferido e herdeiro de toda a Terra, a viver justo em um pedacinho de deserto, seco, árido, hostil, rodeado de inimigos? Encontrar uma gota de água potável ali era uma tarefa gigantesca. Há tantos lugares desocupados, bem mais ricos e agradáveis para viver! Um deus de verdade não faria isso nem deixaria que seu povo eleito fosse novamente escravizado pelos babilônios e pelos romanos, até espalhá-lo, como pária, pelo resto do planeta. Nem mandaria seu filho Jesus Cristo vagar pelo deserto, pelas ruas da Galileia, Belém e Jerusalém, submetendo-o às mais duras provas, como sentir fome, ser perseguido e se tornar alvo de desconfiança, para depois, sem resquício de piedade, entregá-lo à ira de seus inimigos. Um pai humano não trata seus filhos dessa forma e não permite que ninguém o faça. Mas esse deus, de infinita bondade, presença e sabedoria, não apenas fez isso, como permitiu que o filho, o Messias, enviado para salvar seu povo, sofresse suplícios atrozes, fosse pregado numa cruz, ferido e sangrando até a morte. E, o que é pior, não libertou o povo da escravidão nem poupou os adeptos da nova religião – que acabara de se formar – dos horrores das arenas romanas: homens enfrentando feras famintas para júbilo e divertimento da aristocracia imperial e do populacho de Roma. Onipresente, onisciente, onipotente. Tais atributos pouco ajudaram a humanidade nos momentos em que mais precisou deles. Enfim, eu não tenho nada com isso e, como já disse a você, não é assunto meu. Mas como achar ruim o que faço se a divindade que adoram é capaz de coisa muito pior?

XXXI. A PRISIONEIRA BEBE

ESTARRECIDA, ELISA PERCEBEU QUE O HOMEM LEVANTARA E VINHA novamente em sua direção. O que iria fazer agora?

O vulto aproximou-se e, com um rápido puxão, arrancou-lhe o esparadrapo. Imediatamente ela sugou o ar e mordeu os lábios, tentando aplacar a coceira e a ardência.

Antes que pudesse dizer qualquer coisa, um copo com água foi colocado diante dela. Enquanto sorvia o líquido com avidez, abençoava o alívio refrescante que sentia em sua boca e sua garganta.

– Por que está fazendo isso comigo? – perguntou, vendo que o homem largara o copo na mesa e apanhava o rolo de esparadrapo.

– Você sabe o motivo, meu bem – respondeu a voz monocórdia –, e no fim vai me agradecer.

– Eu não sei, juro que não, o que o senhor quer de mim? Deixe eu ir embora, por favor, eu não falo nada, nem sei que lugar é este...

O lamento foi interrompido de supetão: o homem novamente amordaçou a boca de Elisa com esparadrapo.

– Por enquanto, fique calma. Entenda, criança, que estou lhe fazendo um enorme favor. Estou resolvendo todos os problemas que você tem. Apenas tenha paciência.

Ela sentiu a mão dele no pescoço, no colo, nos ombros. Lentamente ele baixou aos seios, acariciando-os um a um com suavidade. Horrorizada, sentiu seus mamilos enrijecerem. Como podia excitar-se, numa hora daquelas? Que tipo de pessoa era ela?

Era, na verdade, muito jovem para compreender as respostas que o corpo dá a diferentes estímulos. Natural que confundisse aquela reação, puramente física, com excitação.

Mal sabia que mulheres no auge do terror de um estupro, por exemplo, sentem algo que parece com um orgasmo. E que homens, quando sodomizados, ejaculam.

Ouviu o barulho de sua blusa sendo rasgada antes de sentir o puxão. Percebeu que ele estava abrindo o fecho do sutiã. Seus seios, intumescidos, estavam totalmente expostos. Ele permaneceu alguns minutos passando suas mãos nela, indo até a altura do botão das calças, colocando, com falsa timidez, os dedos por baixo dela, até sentir o início dos pelos pubianos que ela depilava, deixando uma pequena amostra, como é moda.

As mãos dele não foram adiante. Mal sentiram os pelos e recuaram, o dedo indicador rodeou seu umbigo, as mãos voltaram a subir e pararam em seu rosto, como se fosse um carinho paterno.

XXXII. UM DEDO QUE SANGRA

SENTE ALGO QUENTE ESCORRER POR UM DEDO DO PÉ DIREITO. PERCEBE que é sangue e fica furioso. Detesta cortar demais a unha e machucar o dedo, cortar o dedo, na verdade, coisa que às vezes acontece.

Não está doendo agora, mas vai incomodar quando roçar no sapato. Vai ao banheiro, enfia o pé na pia e abre a torneira. Deixa a água jorrar sobre a ferida até que o sangue pare de correr. Enxuga cuidadosamente o pé e passa antisséptico no dedo.

Volta para a cama, ainda são dez e quinze. Toma o terceiro gole de uísque e volta a relaxar.

Em quinze minutos começará a se preparar para o trabalho.

Pensa em como as pessoas cortavam as unhas antes de inventarem a tesourinha. Imaginou as cortesãs nos palácios, com garras enormes e, provavelmente, imundas. E os homens, com botas e sapatos malfeitos. Vai ver que era por isso, naquele tempo, que as pessoas transavam de roupa e sapato.

O fedor de um corpo sujo só é superado pelo de um corpo morto.

Ri da situação, pensando no que homens e mulheres de séculos passados tinham de suportar durante o sexo oral. Se é que o praticavam.

Certa ocasião, pesquisou na internet e descobriu que na China há o milenar costume de cortar as unhas com uma espécie de bisturi recurvo afiadíssimo, em um único golpe.

Talvez.

Em outras civilizações é possível que usassem formões, facas, cutelos, talvez até mesmo pedras afiadas.

Será a podóloga uma profissional tão antiga quanto a prostituta?

De uma coisa tem certeza: se daria muito mal vivendo numa época em que não existisse uma boa tesourinha para cortar unhas.

XXXIII. TORTURANTE

– Você está curiosa, não é? Não entende por que está aqui nem o que eu faço? Isso é importante para você?

Elisa acenou com a cabeça. Enquanto ele estivesse falando, ela ganharia tempo, até seu pai pagar o resgate ou encontrá-la. Enquanto ele estivesse falando, ela não seria estuprada.

– Tudo bem. Não sei por que você acha importante saber da minha vida nem quero saber. Vou contar como tudo começou, desde o início, não porque você quer saber, meu bem. Estou me lixando para o que você quer ou deixa de querer. Vou contar porque estou gostando das minhas memórias. Talvez até escreva um livro, um dia. Quem sabe? Afinal, nessa vida, tudo pode acontecer.

Ergueu-se e começou a circular pelo quarto, esticando-se todo para desenferrujar os músculos.

– Se você sentir sede, faça sim duas vezes com a cabeça. A água está bem ali.

Imediatamente Elisa fez sim duas vezes. Ele botou água no copo, arrancou o esparadrapo e deu de beber à jovem. Ela engoliu o líquido e, enquanto ele levava o copo de volta para a mesa, rapidamente disse:

– Por favor, moço, não me amordace, eu prometo que fico quieta, não vou falar nada, por favor, esse esparadrapo me dá muita coceira e...

Ela não conseguiu terminar a frase.

– Calma, querida – cortou-a, firmando o esparadrapo sobre seus lábios –, cada coisa a seu tempo.

XXXIV. A PRIMEIRA MISSÃO

Dirceu entrou no lobby do hotel, sentou-se na poltrona e enfiou a cabeça entre as mãos. Achava que ia explodir de tanto que sua mente fervia.

Estava enlouquecendo.

Sentia raiva e medo, vontade de se matar e de esquecer tudo, tinha ímpetos de voltar para casa e de pedir perdão. Conflitos e impulsos, emoções e pensamentos fulminantes, confusão e caos, tudo acontecia simultaneamente, como se várias personalidades estivessem travando uma batalha desesperada para controlá-lo.

Quando ergueu o olhar, viu, na sua frente, o homem de meia-idade que o encarava com simpatia e preocupação. Ele tinha de falar ou teria uma síncope. Era imperioso desabafar, aliviar a pressão. O olhar do homem era receptivo e encorajador. Despejou, como se vomitasse:

– Estou desesperado, cara, por causa de uma mulher. De uma menina, na verdade, com dezoito anos de idade e, o pior, que é minha aluna.

O homem diante dele tinha estatura mediana, olhos escuros, cabelos crespos de cor indefinida, sem nenhum traço especial ou marcante. Era um sujeito comum que expressava simpatia e disposição para ouvir. Era do que estava precisando.

Contou que era casado, tinha filhos e uma vida estável como professor, um projeto de vida tranquilo, e jamais imaginara que aquilo fosse lhe acontecer.

– Tudo começou por acaso – continuou –, durante um intervalo de aulas. A garota teve uma súbita queda de pressão, sentiu-se tonta. Ficou apoiada na parede. Já estava pronta para sair em direção ao bar, mas recuou, voltou para a sala e sentou-se. Fui à enfermaria, próxima de onde estávamos. Voltei, medi sua pressão. Saí, trouxe-lhe um café forte. Conversei. Isso pareceu reanimá-la. Ela agradeceu minha atenção com um sorriso. Depois quase emudeci, mais atento, diante do corpo perfeito, a sua beleza. Meu coração disparou.

Dirceu deu um sorriso amargo.

– Dou aulas para uma classe com duzentos alunos, num curso pré-vestibular. Com tanta gente, adolescentes na maioria, e falando em um microfone, quase não fixo um rosto por mais de cinco segundos, nem faço questão. Permaneço sobre o tablado e raramente me aproximo de alunos, com exceção de um ou outro que vem pedir explicação sobre a matéria, após o término da aula.

Fez uma pausa, tossiu e continuou:

– Até então era assim. Mas depois daquele singelo incidente, passei a prestar atenção nela e no lugar onde sentava. Saí do tablado e passei a circular pela ampla sala até parar numa posição que me permitisse olhá-la e apreciar os detalhes do rosto e do corpo.

As pausas eram nervosas, e ele se retorcia antes de continuar.

– A cada dia eu me aproximava mais e, quando me dei conta, estava falando quase exclusivamente para ela. Os demais alunos perceberam e ela também. No início parecia divertida e lisonjeada. Depois, para meu agrado, interessada.

Interrompeu o relato para superar uma crise de tosse. Lágrimas pingaram de seus olhos, até que se controlou.

– Não sou de dar bola para roupas e, de repente, lá estava eu combinando cores de calças com camisas, arrumando o cabelo, preocupadíssimo com minha aparência: eu queria ficar bonito para agradar minha aluna. Ela fixava seus olhos azuis nos meus, e o jogo de sedução passou a ser jogado a dois, até o dia em que, após as aulas, a garota esperou por mim. Com ousadia, colocou as cartas na mesa até que não restou nenhuma dúvida. Fomos direto para um motel, cara, e passei a melhor tarde da minha vida.

Dirceu parou de falar, como se estivesse voltando no tempo. O homem aguardou em silêncio, com a mesma expressão simpática no rosto. Com um suspiro, arrematou:

– Marília era uma deusa, cara, tudo nela era perfeito. E, apesar da pouca idade, sabia transar, tá entendendo? E gostava, adorava fazer de tudo na cama, topava qualquer posição, era um verdadeiro animal que me enlouquecia. Eu não transava com ela, não fodia apenas aquele corpo maravilhoso. Não, cara, eu mergulhava nela, me misturava nela, era sugado como se ela tivesse o corpo coberto por ventosas deliciosas. Marília simplesmente me consumiu.

– Desculpe interromper, meu caro – disse o homem à sua frente. – A pessoa que vim buscar já deve estar descendo do quarto, e eu não gostaria de sair daqui sem saber o fim da história. Quero dizer, por que o senhor está transtornado? O que houve para deixá-lo deste jeito?

– Desculpe, nem devia estar incomodando o senhor...

– Não, não, continue, desabafar faz bem e ajuda a pôr o raciocínio em ordem.

– Obrigado, muito obrigado. O senhor nem imagina como eu precisava conversar com alguém... Bem, na verdade eu estraguei tudo por causa dos meus ciúmes. Tanto incomodei, tanto acusei Marília de ser infiel que... Eu queria exclusividade absoluta, entende? Comecei a persegui-la dia e noite. Quando a encontrava conversando com amigos e colegas, fazia caras furiosas, murmurava ofensas terríveis e ameaças tão alucinadas que ela se encheu de mim. Eu perdi a noção das coisas, acusava Marília de estar namorando outros professores, de transar com os colegas, de rir da minha cara com as amigas, tanto incomodei, tanto a ataquei que, depois de uma foda alucinante, ela me disse que não queria mais aquela relação e que aquele era o nosso último encontro.

Outra pausa.

– Prometi, supliquei, ameacei, chorei de desespero, mas nada a comoveu. Os bilhetes e os poemas de amor que eu punha na mesa dela durante as aulas não produziram qualquer efeito. E, quando ela deixou de aparecer e descobri que tinha mudado de cursinho, foi a gota d'água. A angústia é insuportável, e hoje, para piorar, entrei num bar que ela frequenta e dei com ela aos beijos com um rapaz, perdida de amores.

Pausa derradeira.

– Saí destroçado e perdido. Quase me arrebentei com o carro num poste e resolvi entrar aqui para me acalmar.

– Quando ele começou a falar, minha primeira reação foi de desagrado: com tanta gente ali, eu tinha de sentar justo perto de um chato querendo contar a vida dele, que não me interessava nem um pouco. Fui delicado e tive de pagar o preço. Porém, a história dele me fascinou, e, quando ele disse que faria qualquer coisa, mas qualquer coisa mesmo para se livrar daquele sofrimento, a ideia se formou na minha cabeça, pronta, completa, como se sempre estivesse ali. Em segundos compreendi a finalidade da minha vida. Vendo o parente de Taiane sair do elevador, anotei o telefone do homem, disse que eu tinha a solução para o problema dele e que ligaria no dia seguinte.

XXXV. TORMENTO NOTURNO

DURANTE O JANTAR ESTEVE DISTANTE. O CONVIDADO E TAIANE CONVERSavam bastante, mas ele foi um conjunto inexpressivo de monossílabos, sins, nãos, sorrisos forçados e distrações.

Taiane estava animada e bonita. Vestia uma saia preta e curta, que realçava as pernas, e uma blusa bem decotada, mostrando parte dos seios, redondos e firmes.

Sentiu uma ponta de ciúmes, porque toda aquela exposição era para o primo, com toda a certeza. Em outra ocasião se incomodaria mais, embora soubesse que ela se exibia com segurança e, no fundo, mostrava ao outro toda a sorte que tinha, na posição de marido.

Eram raras as visitas, mas ela sabia recebê-las muito bem.

Naquela noite fizeram amor com mais gosto, excitados por fantasias que rolaram soltas durante o jantar.

Ele não conseguiu dormir. Desenvolveu a ideia, formulou estratégias, organizou os procedimentos, avaliando riscos, resultados e ganhos, especialmente os ganhos. Não era ambicioso em questões de dinheiro, e acumular fortuna jamais fora um propósito de vida. Estava satisfeito com os confortos indispensáveis, e agora abria-se a porta da verdadeira vida, regada a emoção e adrenalina; sentia-se, em plena madrugada, com a energia de um garoto de vinte anos.

Na manhã seguinte ligou para Dirceu e marcou o almoço num restaurante pequeno, onde havia pouca iluminação. Foi a uma farmácia e comprou produtos faciais e, de volta ao escritório, pediu à Alemoa que fosse fazer algo na rua, para ficar sozinho. No banheiro, aplicou os cosméticos, colocou óculos escuros e dirigiu-se ao restaurante, mais ou menos disfarçado dele mesmo.

A noite de Dirceu não fora melhor que o dia anterior; aliás, fora terrível. Agitado, levantou-se várias vezes e caminhou a esmo pelo apartamento silencioso. Observou sua mulher dormindo e condoeu-se dela, que suportava suas crises de mau humor, seus repentes de fúria e até suas grosserias, sem saber o motivo, pois ela, ao longo dos anos de casamento, não conhecera nele aquelas atitudes. Compadeceu-se dos filhos e de seus rostinhos assustados, agora que ele gritava por qualquer coisa.

E atormentou-se ao pensar em Marília, nos momentos que viveram juntos, ao imaginá-la na cama com outro, um jovem, contra quem ele não tinha a menor chance.

Essa era a dor insuportável que, por loucura, ele teimava em cultivar. Alimentava uma paixão destrutiva com imagens do que achava que Marília estaria fazendo com o novo namorado.

Inexplicavelmente, e aumentando o tormento, pensar em Marília com o jovem provocou-lhe enorme excitação: foi masturbar-se no banheiro, imaginando Marília transando com outro, e ele de *voyeur*.

Deu graças quando o dia clareou. Vestiu-se e saiu antes da esposa e dos filhos acordarem. Caminhou à toa, encurvado e velho, consumido pela dor, pelo ódio e pela paixão.

Mais tarde, quando atendeu o celular e ouviu a voz, sentiu uma pequena esperança.

Mal reconheceu o homem de óculos escuros que acenou ao entrar no restaurante. Era o mesmo de ontem, sem dúvida, mas parecia diferente.

Escutou a proposta do outro e, no início, achou que era brincadeira. Aos poucos, diante da exposição dos argumentos e dos detalhes, viu que o homem falava sério, e sua primeira reação foi recusar. Porém, o homem insistiu, e Dirceu assimilou a ideia, considerou a possibilidade, e no fim do almoço estava plenamente convencido: era a solução para o drama de sua vida, o fim da tragédia em que se envolvera.

– Eu tinha diante de mim um trapo humano, abjeto e sem forças. Não foi difícil convencê-lo, dando-lhe duas opções. Ele podia pensar bem, antes de escolher, podia discutir comigo as alternativas, podia recusar a ideia. Ele podia fazer o que quisesse. Eu já estava decidido e, se não fosse com ele, seria com outro. Num gesto espontâneo de bondade, dei uma pequena dica para ajudá-lo na escolha: pedi que ele pensasse na vida dali a dez anos, independentemente de sua opção.

Terminado o almoço, embora mal tivesse tocado na comida, Dirceu quis saber como fazer contato para dar a resposta. O homem informou que, no fim daquele dia, às dezoito e trinta, ligaria para ele informando o valor dos honorários e a forma de pagamento. Dirceu quis argumentar dizendo que não dispunha da quantia, era um simples professor; e que garantia ele teria? O homem respondeu que, se quisesse o serviço, as condições eram aquelas, sem negociação.

– Fui ao *shopping* e comprei três celulares pré-pagos de três operadoras diferentes. Depois passei nos Correios e me informei sobre o valor do aluguel de caixa postal, os critérios de sigilo e tudo o que era necessário para dispor de uma. Mais tarde, aluguei a primeira, utilizando um dos celulares pré-pagos. Ao longo desses anos, já tive incontáveis caixas postais diferentes e perdi a conta de quantos celulares pré-pagos adquiri e joguei fora, todos devidamente destruídos.

Dirceu saiu atordoado do restaurante. Tinha uma tarde inteira de espera, não estava com a menor disposição para dar aulas e, embora já tivesse resolvido aceitar a proposta, quis ver Marília ainda uma vez. Seria a última tentativa, a derradeira esperança.

Lutou contra o desejo, com medo de mudar de ideia e de sucumbir novamente ao feitiço da garota.

Foi ao banco e retirou quase todo o dinheiro da conta, inclusive da poupança. Sentiu certo remorso, mas... o que era o dinheiro comparado com a sua sanidade?

Foi levando a tarde, cultivando o ódio, para não arrefecer sua determinação, alimentando a raiva por Marília, a vagabunda depravada que tanto mal lhe fizera.

Às dezoito e trinta em ponto, o celular tocou. Ao ouvir a voz do homem, disse apenas uma frase:

– Negócio fechado.

– Após tomar as providências, voltei para o escritório, onde a Alemoa já trabalhava separando notas fiscais, recibos de pagamento e outras contas de uma fruteira. Terminei de ler uma novela policial antiga, para passar o tempo e descobrir como o crime fora cometido. O livro se chamava *O mistério do quarto fechado*, e eu estava na metade. Até a hora de ligar para Dirceu, eu terminaria a leitura.

XXXVI. O QUARTO FECHADO

O CAPITÃO SCOTT, CHEFE DA DIVISÃO DE HOMICÍDIOS DA POLÍCIA DE Nova York, estava particularmente irritado naquela manhã fria e chuvosa, depois de ouvir o relatório do inspetor John Peck.

Após uma semana, estavam exatamente onde haviam começado, isto é, na estaca zero.

A imprensa mostrava suas garras. Kirk Stewart, repórter policial do *The New York Times*, afinava cada vez mais sua tradicional ironia, e, quando isso acontecia, o prefeito não gostava nem um pouco. O chefe de polícia também estaria de mau humor, e toda essa irritação poderia desabar na cabeça dele, capitão Scott.

Decididamente, o ano de 1955 começara mal para a Divisão de Homicídios.

Lauren Lee Taylor, de vinte e dois anos, foi encontrada morta com um tiro na cabeça, no interior de um quarto hermeticamente fechado por dentro, a única porta com a chave na fechadura, três trancas de correr fechadas e a janela trancada com duas madeiras pregadas em forma de X. Não havia aberturas no teto, no chão ou nas paredes. Era impossível alguém sair daquele quarto.

Não havia revólver nem cápsula lá dentro.

– Uma dançarina de boate vinda há menos de um ano de Boston morre, e você não encontra um suspeito, Peck! Não se iluda, meu caro, meu rabo não vai arder sozinho nessa. Você está a um passo de voltar para a ronda noturna, rapaz!

– Eu tenho um suspeito, capitão, o noivo da moça. Já descobrimos que ele veio atrás dela. O problema é saber como foi que ele matou a garota e trancou o quarto por dentro, daquele jeito.

– Ele confessou? Como você chegou a ele?

– Ele mesmo se apresentou, por incrível que pareça. Uns dias após descobrirmos o corpo, ele apareceu aqui na delegacia dando queixa do desaparecimento dela. Nega o crime, é óbvio.

– Você confirmou a data de chegada? Ele tem algum álibi?

– Já confirmamos tudo, chefe. Ele estava, aparentemente, em Boston quando o crime foi praticado. Pelo menos é o que dizem os familiares dele. Confirmamos também o dia da chegada, ele mesmo nos apresentou o tíquete do trem.

– Então você não tem nada contra o rapaz!

– Só pode ser ele, chefe. Não encontramos nenhum outro motivo para o assassinato.

Scott coçou a cabeça, ordenou a Peck que prosseguisse com a investigação, convocando o suspeito para outro interrogatório.

– Quero assistir, não se esqueça disso! – ordenou.

No dia seguinte, do outro lado da cidade, num prédio construído nos anos de 1930, Burt Cooper emborcou mais um gole de *bourbon* e lançou um olhar triste para a garrafa vazia, que depositou sobre a mesa, ao lado do telefone e de uma pilha de papéis, a maioria contas a pagar e avisos de corte.

Precisava urgentemente arrumar dinheiro para pagar ao menos o aluguel e comprar outra garrafa de *bourbon*. O senhorio fora definitivo: se até sexta-feira ele não pagasse as duas semanas em atraso, no sábado pela manhã suas coisas estariam na calçada, lá embaixo.

As coisas dele se resumiam a uma mesa caindo aos pedaços, à cadeira em que estava sentado, duas poltronas rasgadas que ficavam em frente à mesa e à placa na porta da frente da sala, no terceiro andar de fundos, onde se lia: "Burt Cooper – Detetive Particular". Já era quarta-feira e Cooper não tinha esperança de que aquela plaqueta na porta atraísse algum cliente. Lera todos os jornais e não havia nada promissor, nenhum caso potencialmente rendoso para o qual ele pudesse oferecer seus serviços. O futuro negro de Burt Cooper piscava a sua frente como o letreiro de neon anunciando um *nightclub*.

O detetive era alto e forte, tinha cabelos pretos e lisos, aparência geral boa. Gostava de cavalos, gosto caro para quem, como ele, chegava aos trinta e cinco anos sem ter definido nada na vida. Todos os empregos que tivera terminaram em confusão devido a chefes idiotas que adoravam fazer piadinhas e humilhar os subordinados.

Depois de fazer um curso de detetive por correspondência, entre altos e baixos, levava a vida, e agora estava na parte mais baixa dos seus baixos.

Ajustou o chapéu de feltro sobre a cabeça, vestiu a surrada gabardine e, enquanto se preparava para sair, a salvação veio ao seu encontro, trajando chapéu e botas de *cowboy*, calças de brim, camisa e jaqueta, batendo no vidro da porta do escritório.

– Não estou interessado em seguros – disse Burt.

– Nem eu – respondeu o homem, entrando na sala. – Você é o homem da plaqueta ali na porta?

– Burt Cooper, detetive particular, sim, sou eu.

– Ótimo, estou precisando de um. Posso sentar?

– Sente-se aí – Burt indicou a poltrona menos rasgada. – Estou trabalhado num caso e já ia sair, mas posso ouvir sua história, se for curta – mentiu ele, para impressionar o visitante.

Sentou, cruzou as pernas, tirou o chapéu e colocou-o sobre o joelho. Alisou o cabelo loiro e rebelde, enquanto Cooper voltava à sua cadeira, colocando o chapéu sobre a mesa. O homem falava arrastado, como se estivesse com sono.

Rapidamente, Cooper concluiu que o visitante era uma espécie de *playboy* enfarado e arrogante, tipicamente bostoniano. Não gostou dele à primeira vista, mas na atual situação nada tinha a perder.

– Você está acompanhando o caso Lauren Lee Taylor pelos jornais?

Cooper fez que sim com a cabeça.

– Ela era minha noiva, íamos casar neste ano, mas ela fugiu e agora está morta. A polícia acha que eu a matei. Eu amava Lauren e preciso descobrir quem é o assassino, ou vou acabar assado na cadeira elétrica.

– Sou um detetive caro...

– Dinheiro não é problema, sou Martin Douglas, e meu pai é um homem muito rico.

Burt sentiu o suor frio escorrer pela nuca e arriscou:

– Quinhentos dólares agora, cinquenta por dia, e quinhentos quando solucionar o caso. Mais as despesas.

Martin enfiou a mão no bolso interno da jaqueta e retirou um maço de notas de cem. Separou dez e colocou sobre a mesa:

– Mil dólares agora e outros mil se desvendar o caso. Fica bom para você?

– Meu caro, você acaba de contratar um detetive. Diga-me, por que veio me procurar? Isto é, por que eu?

– A polícia sugeriu que eu procurasse um advogado ou um detetive. Não confio em advogados, e o inspetor que me interrogou indicou você.

– Lembra o nome dele?

– Park ou Peck, algo assim.

– Peck. Estranho ele ter me indicado. Ele não gosta muito de mim desde que resolvi dois casos antes dele.

– Foi o que ele me falou. Ele parecia repugnado quando disse o seu nome. Por isso mesmo decidi procurar você.

– Ok, vamos ao trabalho.

Uma hora depois, quando Martin foi embora, Cooper ligou para seu *bookmaker* avisando que hoje pagava os cem que devia e mandou apostar mais cem em Eggs and Bacon no quinto páreo, na cabeça. Depois desceu, entrou no bar e bebeu duas doses duplas de *bourbon*, sentindo o corpo aquecer e a tensão aliviar. Em seguida, pagou as duas semanas atrasadas e o mês seguinte adiantado ao senhorio.

Só então entrou no Buick verde ano 49, amassado do lado direito, e percorreu as ruas cinzentas de Nova York em direção à Delegacia de Homicídios.

XXXVII. PRIMEIROS PASSOS

Às dezoito e trinta em ponto, ligou para Dirceu e ouviu a resposta. Deu a ele o número da caixa postal e pediu um envelope contendo o nome completo da garota, o endereço, os hábitos mais comuns, os locais mais visitados e fotos grandes, de corpo inteiro, de lado e de perfil. Dentro do envelope, deveria estar também a quantia combinada, em espécie e em notas de valor variado.

Dirceu voltou a pedir uma garantia para o serviço. O homem apenas respondeu que, se em dois dias não recebesse o envelope, daria o assunto por encerrado.

Não se surpreendeu com a decisão de Dirceu e considerou que ele teria imaginado como seria sua vida dentro de dez anos, tal como havia sugerido.

Dois dias depois, abriu a caixa postal e lá estava o envelope. Dentro dele, havia tudo o que pedira.

Começou a trabalhar imediatamente. Usando diferentes disfarces, seguiu Marília por várias semanas, frequentou os lugares que ela costumava ir, apreendeu tudo sobre seus hábitos e seus gostos. Reconheceu que ela era mesmo uma bela mulher, capaz de virar a cabeça de um homem. Marília era uma garota safada, sabia o quanto agradava e não poupava ninguém de sua sedução.

XXXVIII. A NOBRE MISSÃO

– Você também gosta de brincar, não é mesmo, querida? Você sabe direitinho como fazer seu homem perder a cabeça. Portanto, merece saber tudo, com todos os detalhes; pode chamar isso de uma cortesia profissional. Comprei uma peruca e barbas loiras e, sempre de óculos escuros, aluguei um quarto num hotel simples e central, onde me registrei com um nome falso graças à gorjeta polpuda que coloquei nas mãos do recepcionista. Como desculpa, falei que era casado e precisava me encontrar com minha amante, que não podia ser vista entrando em motéis. Pela internet, descobri os endereços de lojas de fantasias, onde adquiri todo tipo de nariz postiço, peruca-barba-e-bigode de diversos tons, comprei roupas e sapatos em lojas de roupas usadas, fiz um rancho de cremes de maquiagem, cílios e unhas postiças, lápis, *blushes*, rímel e outros cosméticos faciais e para as mãos, tendo o cuidado de, a cada compra, usar um disfarce diferente. Treinei poses e posturas durante intermináveis horas diante do espelho e mudanças radicais de voz e sotaque. Quando realizei a missão, os jornais noticiaram mais um caso de sequestro, estupro, roubo e morte. O drama de meu cliente estava resolvido. A escolha dele de se livrar de Marília salvou sua vida. Ela era uma coisa linda, assim como você, meu bem. Achei um desperdício não aproveitar – usando camisinha, é claro, pois não ia deixar amostras do meu esperma para a polícia botar a mão. Quer saber? Marília gostou. Não resistiu. Na verdade, não houve um estupro propriamente dito. Ela me seduziu desde o momento em que a coloquei dentro do carro, sob ameaça de um revólver de brinquedo. Primeiro tirou os sapatos, mostrando os pés delicados. Depois abriu dois botões da blusa, revelando a curvatura dos seios, enquanto cruzava as pernas moldadas pelos *jeans* apertados. Ela foi ativa e participou da trepada intensamente, gozou mais de uma vez, entre gemidos e gritinhos. Sem saber que ia morrer, confessou que tinha a fantasia de ser estuprada e dominada, possuída por todos os lados, espancada – adorava tapas na bunda e no rosto – e ofendida com palavrões. Quanto mais, melhor. Atendi cordialmente aos desejos dela e, mais tarde, quando ela ressonava docemente ao meu lado, cortei-lhe a jugular com um só golpe e me retirei, levando comigo a bolsa, o colar, o anel e os brincos. Cheguei ao escritório no horário, para atender o dono de uma padaria. Graças a mim, Dirceu eliminou a causa de seu desespero, de seu ciúme e do desastre que se transformara sua vida. Considerou o próprio bem-estar, o apego que tinha pela família, pela profissão, pela turma de amigos, considerou o passado que construíra até ali e optou, como a grande maioria, pela linha do menor esforço, do deixa-estar, que é muito complicado mudar. Sacrificou sua grande paixão e, como nunca mais soube dele, não posso lhe dizer como foi que lidou com isso depois. E nem quero saber. O que se passou a seguir você já sabe: a minha exultação, a mudança de vida, a quarentena – época em que comprei o pequeno apartamento que ocupo quando tenho uma missão. Não me considere um assassino profissional, porque não sou. Longe disso. Durante aqueles meses de reflexão, lendo os dez mandamentos e tudo o mais, eu sentia, eu *sentia* que não era um assassino impiedoso. Não! Eu era algo mais, minha tarefa tinha outro sentido, e por isso merecia outra denominação. O nome só me ocorreu quando fui contratado para o segundo serviço. Aí ele se revelou claro como um dia de sol, identificador perfeito do que eu faço e do que significam as minhas missões: eu sou um exterminador de paixões proibidas. Entendeu agora por que está aqui, meu bem?

XXXIX. MULHERES NÃO

Depois de seis meses, sentiu-se seguro e pronto para uma nova missão. Publicou um anúncio nos classificados do jornal que dizia: "ATORMENTADO PELA PAIXÃO? ACABE COM ELA. CARTAS PARA UNHAS: CAIXA POSTAL NÚMERO...".

Recebeu duas cartas, de um homem e de uma mulher, cada uma contendo apenas o nome e o número do celular.

Satisfeito com o resultado do anúncio, descartou a carta da mulher. Para ele as mulheres lidam muito bem com paixões proibidas. Desfrutam ao máximo, mas, ao primeiro sinal de que a vida organizada delas está em perigo, renunciam à paixão, superam o sofrimento com estoicismo e rapidamente se recuperam.

As mulheres não precisam de um exterminador para suas paixões proibidas, elas mesmas se encarregam de exterminá-las, apegando-se a maridos, filhos, netos, pais, irmãos e aos costumes. Elas parecem gostar do sacrifício de renunciar a um grande amor, enaltecendo-se com a própria falsa virtude.

Se uma mulher casada, apaixonada pelo amante, descobrir que seu marido transou com outra, esquece a paixão, manda o amante para o inferno e dedica sua vida a reduzir o esposo traidor. Faz com ele o que se faz com um pano sujo atirado num canto da área de serviço e demonstra que ela é muito melhor do que a outra na cama, que ela é que é a mulher de verdade, que nenhuma outra fode como ela e, mesmo que não goste muito, continua fodendo com ele para o resto da vida.

Joga no lixo as juras de amor proferidas nos braços do amante e coloca o marido aos seus pés, humilhado e submisso. E caso ainda exista um lamento interno pela paixão abdicada, ela o afasta prontamente, comprando um vestido novo ou indo ao supermercado.

Talvez por temor, talvez devido a códigos indecifráveis, paixões proibidas ocupam um patamar inferior nas prioridades do enclausurado e misterioso universo das mulheres.

Juras de amor proferidas por uma mulher durante encontros com o amante são tão vãs quanto ameaças de fim do mundo anunciadas por delirantes leitores da Bíblia em praça pública. Mal se esgota o prazer, e o senso prático retoma o controle, o romantismo se esfarela, e, quando o amante se dá conta, ela está vestida, penteada, pintada, pronta para os afazeres como se nada tivesse acontecido. Da mesma forma como o pregador de rua que, sem voz de tanto berrar, enfia a Bíblia no bolso e vai tomar conhaque no primeiro bar que surgir, esquecendo tudo o que acabou de pregar.

Nem as juras de amor se concretizam nem o mundo acaba.

Além disso, são péssimas clientes, querem saber tudo, exigem detalhes, custam a entender e, quando entendem, não concordam, dão palpites, são desconfiadas. Por uma questão de foro íntimo, de segurança e de preconceito, decidiu não ter clientes mulheres.

São incapazes de guardar um segredo.

Decidiu que qualquer mulher que respondesse ao anúncio estaria em busca de coisa diferente do que ele teria para oferecer.

Acha que mulheres são agentes das paixões proibidas e raramente são vítimas. Já o homem apaixonado perde a referência, entrega-se à paixão custe o que custar, nada mais importa, e nenhum sacrifício impede ou diminui a devoção e o ardor.

Talvez por isso os profetas bíblicos tenham sido homens.

XL. GAY REBELDE

Queimou a carta da mulher e ligou para o homem, perguntando se ele usava um celular pré-pago. Ele respondeu que sim. Gostou daquilo, sigilo era o seu negócio.

O cliente fez uma série de perguntas e só ouviu silêncio do outro lado da linha, até que se calou. Explicou-lhe, então, como é que a coisa funcionava, se ele quisesse, teria de ser daquele jeito ou nada feito. O cliente pensou por alguns segundos e concordou.

O caso dele era um pouco mais complicado do que o anterior. Morava com um homem há muitos anos, a quem amava muito.

Porém – e aí residia o drama –, tinha se apaixonado por uma mulher que conheceu numa churrascaria. Ele estava entrando, e ela, saindo. Os carros se bateram.

Depois de uma pequena discussão, acertaram o pagamento dos prejuízos. Sem esconder sua condição de gay, convidou a moça para um chope ali na churrascaria. Ela agradeceu, dizendo que tinha acabado de jantar. Ele insistiu, queria proporcionar uma espécie de compensação pelo transtorno. Um chope apenas, ele o-di-a-va jantar sozinho, o companheiro dele estava viajando, ela acabou concordando, divertida com o jeitinho efeminado, o bom humor e a simpatia dele.

Sem saber como, acabou no apartamento dela, na cama dela. Foi sua primeira relação sexual com uma mulher.

Entrou numa crise de identidade sem precedentes, pois nunca questionara sua condição de gay.

Atormentado, envolvido por um furacão emocional, estava dilacerado.

A relação com o companheiro ficou complicada, mesmo não tendo contado o que acontecera, pelo medo de ser abandonado. A mulher, por sua vez, como que ungida por celestial poder, achou que Deus a tinha incumbido de recuperar o jovem para a "normalidade" e passou a assediá-lo o tempo todo, sem nunca mencionar a homossexualidade dele nem sua relação com o amante. Ele gostava de estar e de transar com ela e também com o companheiro. Sexualmente estava bem, mas psiquicamente, um trapo.

Uma sexóloga, com quem conversou, apresentou um argumento que, por um tempo, o ajudou a lidar com a situação: não há traição quando se trata de dois tipos de relacionamento sexual, o homo e o hétero. Quando um homem trepa com uma mulher, está satisfazendo o lado que precisa do sexo feminino. E quando trepa com um homem, está satisfazendo o outro lado, que precisa do sexo masculino.

São coisas diferentes que podem coexistir sem necessidade de haver opção por uma delas.

Sustentou sua opinião com o exemplo da moça, que sabia que ele era casado com um homem e compreendia a situação. Não estava infernizando a vida dele ou querendo ocupar um espaço que jamais seria dela. Por que ele não era sincero com o seu homem, revelando a ele o que estava acontecendo? Se ele realmente o amasse, iria compreender e aceitar a situação.

Mas ele não tinha coragem, o amante era possessivo e ciumento.

Para o seu amado, a homossexualidade era uma filosofia de vida, a essência do ser, que afirmava convictamente. Julgava obsceno o sexo entre homem e mulher, salvo quando tivesse a finalidade de procriar e perpetuar a espécie. Era a compreensão dos ensinamentos de Deus: "Crescei e multiplicai-vos" significava que homens e mulheres devem copular para gerar filhos e, portanto, que o prazer heterossexual seria pecaminoso.

Afirmava que Deus reservou o prazer para as relações homossexuais, que preservam o amor, a amizade e a virtude. O virtuoso prazer só é possível entre pessoas do mesmo sexo, é o prazer da pureza e da inocência. Ao contrário da relação hétero, insidiosamente introduzida no Paraíso pelo Diabo, por meio de sua emissária, a serpente, e, graças a ela, a humanidade paga caro até hoje.

A perfídia diabólica levou homens e mulheres a reles condição, reagindo aos instintos carnais, em permanente cio selvagem, conspurcando-se na volúpia desmedida.

O amor homossexual é espontâneo, original e divino, cultivado pelas almas sensíveis destinadas à eterna bem-aventurança celestial.

XLI. OPÇÃO

– Eu ouvi aquelas palavras pensando que o namorado do cara era uma espécie de xiita da veadagem, um puto fundamentalista. O meu cliente prosseguiu na arenga, perguntou várias vezes o que eu achava de ele contar tudo ao namorado, para, sem me deixar responder, concluir que o cara jamais aceitaria e teria uma reação violenta, da qual ele tinha medo. Leu meu anúncio no jornal e sentiu que podia ter achado uma solução. Ele me surpreendeu quando revelou sua opção: eliminar o amante, sua paixão verdadeira, mas da qual precisava se livrar para ser, como ele mesmo disse, normal. Queria deixar o sortilégio que – ele jurava! – tinha sido lançado sobre ele no dia do seu nascimento. Embora previsível, confesso que às vezes a natureza humana me espanta. Eu podia apostar qualquer coisa como ele escolheria a mulher. Entretanto, o cara contrariou a própria natureza, negou sua identidade, saiu em busca de uma nova forma de viver, outro tipo de integração, uma distinta visão da própria realidade. Tolice. Ele era puto? Que continuasse puto. Graças aos preconceitos sociais, aos tabus, à religião, ele era o andrógeno, vergonha dos pais, tios, avós, irmãos, primos, alvo do deboche da vizinhança desde menino, quando ia dar para os garotos em qualquer matinho, vão de escada. Um culpado por definição e *a priori*. A mulher surgira como "a" redenção, viu nela a possibilidade do perdão geral. Atropelado de madrugada na saída de uma farmácia de plantão, onde costumava comprar seus antidepressivos, tranquilizantes e preservativos a cada quinze dias, o companheiro dele morreu no local. Fugi sem prestar socorro, sumindo na noite. A notícia do atropelamento circulou durante três dias, até que o caso foi esquecido. Foi meu segundo crime perfeito.

XLII. A PRISIONEIRA SUSPIRA

Elisa sacudiu duas vezes a cabeça. Mais do que saciar a sede, ela precisava coçar-se e falar. O suor escorria entre os seios nus, sentia vergonha e desconforto.

Quando o homem arrancou o esparadrapo, soltou um grito, longo e agudo. Não planejara, saiu espontâneo, uivo do medo pedindo socorro.

O homem sorriu e tapou-lhe a boca com a mão:

– Se você gritar, coloco o esparadrapo e não tiro mais. Se você se comportar, deixo assim e solto suas mãos. O que você prefere?

– Por favor, moço, não faça isso comigo, deixe eu ir embora...

– Acho que você prefere o esparadrapo.

– Não, não, eu prometo, vou ser boazinha, solte minhas mãos, preciso me mover um pouco, está tudo dormente, e, por favor, por favor, não coloque mais esse esparadrapo, é uma tortura. Eu juro! Vou ficar bem comportada, vou fazer tudo o que senhor mandar, eu juro!

Sempre sorrindo, o homem foi para trás de Elisa, desamarrou a corda e, antes que ela pudesse fazer um movimento, arrancou-lhe a blusa do corpo, deixando-a inteiramente nua da cintura para cima.

Elisa esticou os braços, passou as mãos pelo rosto, coçou-se em vários lugares, e ele, suavemente, massageava seus ombros e suas costas, até empalmar-lhe os seios.

Ela sentiu a respiração ofegante na nuca e arrepiou-se quando ele passou os lábios em seu pescoço.

Veio-lhe a certeza de ser violentada e rezou para que aquilo fosse o pior. Resolveu usar a única arma de que dispunha e sussurrou, enquanto era acariciada por trás:

– Hmmmm, gostoso...

Imediatamente ele parou.

Elisa percebeu que tinha cometido um erro.

XLIII. FANTASIA DE PADRE

São vinte e duas horas e trinta minutos, e ele tem tempo para se preparar e chegar à meia-noite ao Virginia's. Os três goles de uísque tinham produzido efeito, e ele se sentia calmo, lúcido e animado.

Fora várias noites à boate, cada vez usando um disfarce. Procurou ser atendido pelo mesmo garçom para testar a eficácia dos disfarces e não foi reconhecido.

Naquela noite, ele seria um padre de alva cabeleira, rosto liso e bonachão, barriga proeminente, vestindo batina preta, colarinho branco e um grande crucifixo de prata pendurado sobre o peito, preso por uma corrente também de prata.

A voz seria aguda e com leve sotaque italiano, usaria olhos azuis cristalinos e teria uma perna mais curta do que a outra, mancando levemente.

XLIV. ESCÂNDALO NA NOITE

– Por que um padre no Virginia's? Desculpe, você não sabe, o Virginia's é uma boate, um local de prostitutas, com shows de mulheres nuas no palco e homens excitados que enfiam notas em minúsculas calcinhas. Você já viu esse tipo de lugar em filmes de televisão, tenho certeza. Um padre entrando lá é um impacto. Era o que eu pretendia: chamar a atenção e causar impacto. Imagina a cara dos frequentadores, em busca de sexo e emoções baratas. Seria uma bofetada geral na cara deles. Um padre num puteiro, querida, imagina o furor? Não que padres não visitem esses ambientes, em busca de prazeres proibidos pela religião e pela moral. Acho que frequentam, mas não vestidos como padres. Estariam à paisana, com medo de ser reconhecidos por algum contumaz de sua paróquia. Trajado a rigor, como eu ia, seria de causar escândalo, e o escândalo era minha proteção naquela missão. Meu receio é que não me deixassem entrar, com medo de um tumulto. Porém, eu tinha meus argumentos. Não vou negar a você que eu sinta medo. Claro que sim. Mas o medo faz parte da emoção toda, do conjunto sublime de prazer a cada trabalho. Tenho medo de falhar, medo de ser descoberto, medo de ser ferido, e, acima de todos os medos, o de ser preso. Imaginar-me numa cela com agressores e estupradores gera um pavor que, algumas vezes, me acorda no meio da noite. Seria uma injustiça me prenderem. O que eu faço, assim como um apóstolo ou salvador, é mitigar o sofrimento, pondo fim a tormentos para os quais nenhum dos criadores, oficiais e extra-oficiais, dá a mínima bola. É, a humanidade tem um modo extravagante de lidar com suas mazelas. Prender alguém por assassinato deveria ser uma exceção, e não a regra. Quem defende a ideia de um direito natural à vida? De onde se tirou isso? Cada nascimento é um acaso, nada mais do que isso, uma circunstância fortuita que ocorre quando, entre bilhões de espermatozoides que desaparecem nas vísceras das mulheres, nos ralos de banheiras, nos vasos sanitários e nos lenços de papel, um deles é capturado por um óvulo remanescente, que fecunda. Esse fenômeno, que acontece sem nenhuma ingerência, é um direito natural? Ridículo! Espermatozoides ao vento e óvulos ao léu não têm direitos. São subprodutos, ninguém pensa neles na hora do jogo, durante a menstruação ou depois de uma punheta. Esperma e óvulos só importam quando a mulher decide engravidar. O único direito natural é o de morrer, coisa que acontece com tudo o que vive. Prender alguém por matar uma pessoa, enquanto a humanidade se mata aos milhões? Infelizmente para mim, meu bem, é assim que as coisas são, matar dá cadeia e não adianta chorar. Portanto, me cuido, trabalho direitinho e não corro riscos de ser descoberto.

XLV. SEIS MESES

Quando concluiu a segunda missão, estava instalado no apartamento novo, o divórcio resolvido, o escritório de contabilidade funcionando, e a vida correndo do jeito que ele queria.

Resolveu esperar outros seis meses antes de oferecer seus serviços. A mais cara das moedas para ele era a cautela.

Vez ou outra ia àquele apartamento para dar uma arejada, tirar o pó, cochilar ou, simplesmente, refletir.

Fazia aquilo sempre que sentia falta dos filhos. Era um sentimento que combatia com todas as forças, surgia como uma pequena onda, e, de repente, estava espiando a saída deles do colégio, ligando para ouvir a voz deles, com vontade de voltar para casa, para a vida anterior.

Deitado naquela cama, praticava o exercício de controlar as emoções. Com calma e métodos de contabilista, levantava o balanço de sua vida, desde quando se lembrava. Não deixava itens de fora e avaliava as hipóteses: os contatos, os encontros, os deveres e os prazeres.

Seus sentimentos pela esposa começavam na coluna do ativo e terminavam na do passivo, com grande diferença em favor deste.

Não se poupava de imaginar os momentos da alegria inicial que um retorno triunfante aos braços da família proporcionaria, a exultação das crianças com o pai novamente em casa, a atenção da mulher, disposta a tudo para que desta vez desse certo. A fantasia era tão intensa que quase a tornava real.

Depois pensava nos dias que seguiriam, na volta à rotina, nas exigências das crianças, nos passeios e piqueniques, nos joguinhos de armar, nos pedidos de historinhas, em apaziguar as brigas, nas doenças infantis, nas dificuldades de aprendizado, nas crises emocionais, nas terapias, nas angústias, no nervosismo e na ansiedade da mulher com os assuntos dela, nos dramas domésticos, na aporrinhação, no manancial de insatisfações e concessões contundentes.

E se deparava com um saldo negativo lamentável, totalmente falido, imerso na bancarrota sem fim, submetido à sentença condenatória mais do que perpétua, a condenação hereditária, cuja culpa ele preferia manter a distância, sem mais acúmulos, sem novos ingredientes, sem novas agruras.

Terminava o processo livre de saudades, fortalecido com a ideia de ser um perfeito pai ausente.

Os segundos seis meses não passavam, e o desejo de um novo trabalho aumentava. Os dias se arrastavam, cada mês parecia um ano. Resolveu abreviar a quarentena: se em três meses nada acontecera por causa do atropelamento do gay, nada mais aconteceria.

Mandou para o jornal um novo anúncio. "EXTINGA O FOGO QUE ARDE EM SEU CORAÇÃO: CARTAS PARA CAIXA POSTAL NÚMERO..."

Dessa vez, choveram respostas, cerca de dez ao todo: oito de mulheres e duas de homens. As mulheres propunham encontros, algumas eram casadas e queriam aventuras; outras, profissionais que ofereciam serviços. Rasgou todas.

XLVI. FALHA NO ENREDO

– Com as dos homens me diverti: davam características físicas, um deles mandou uma foto pelado, mostrando um pau duro enorme, escrito embaixo: 'é todo teu'. Era interessante ver que essas pessoas se ofereciam para qualquer parada, sem saber nada a meu respeito. Eu podia ser um corcunda perebento ou uma velha de oitenta anos, um portador de doenças, um psicopata, qualquer coisa. A ânsia pelo dinheiro e pelo prazer não encontra obstáculos. Existe gente para tudo, a insatisfação é a mãe da necessidade, entende? Você pode nem saber o que realmente deseja, mas sabe que está insatisfeito. Aí você resolve aproveitar qualquer oportunidade, fazer qualquer experiência, tudo é pretexto para dar um pouco de calor à vida. Fiquei decepcionado porque o anúncio não dera certo. Algo nele dava uma ideia errada do que eu estava oferecendo. Eu precisava criar um texto ambíguo, nada que fosse claro a ponto de levar algum policial mais atilado a estabelecer relação entre o anúncio e o crime que se seguiria a ele, mas que sugerisse a sua verdadeira finalidade. Durante três dias redigi dezenas de rascunhos em folhas de papel que queimei: rastro é coisa que não deixo. Então experimentei "PARA EXTINGUIR A PAIXÃO, USE UM EXTINTOR". A resposta que veio era de um homem. Queria detalhes e me indicava uma caixa postal para responder. Não gostei. Ainda que eu pudesse escrever um bilhete, sem possibilidade de ser descoberta a origem, era um papel escrito, que podia ser tocado, guardado e usado. Porém, eu não queria perder o freguês, estava precisando de uma nova missão como um dependente de morfina necessita de uma dose. Imprimi, numa loja do centro, a seguinte mensagem: *só falo em celular pré-pago*. E enviei o envelope para a caixa postal indicada. No dia seguinte, eu tinha um número para o qual liguei imediatamente. Ele me disse que era casado com uma mulher muito bonita, descobrira que ela tinha um amante e queria um conselho meu. Mandei-o procurar um psiquiatra. Ele respondeu que já tinha feito isso, que queria uma solução mais definitiva, e perguntou se eu não podia eliminar o amante. Desliguei na cara dele, destruí o aparelho e na primeira oportunidade atirei os restos no fundo do rio. Ele tinha confundido minha atividade, isso era evidente. Sou um exterminador de paixões proibidas, o que extingue o fogo ardente do delírio, que redime os desesperados sem causa, salvador dos que não têm alternativa, dos que precisam escolher entre um sofrimento e outro. Graças a mim, o sofrimento do cliente é reduzido à metade. As paixões proibidas são um duplo tormento para o apaixonado: desejar o que não pode ter, e ter o que não deseja. Graças a mim, um dos tormentos desaparece. Passei uma semana de frustração e, quando tive certeza do insucesso, voltei ao anúncio original: "ATORMENTADO PELA PAIXÃO? ACABE COM ELA. CARTAS PARA UNHAS: CAIXA POSTAL NÚMERO...".

XLVII. DETETIVE NA POLÍCIA

Cooper estacionou o Buick na frente da delegacia, pendurou o chaveiro no cinto e entrou. Logo avistou Peck datilografando numa Remington. Provavelmente um relatório.

– Você me surpreendeu, Peck, indicando um cliente.

– Não se anime, rostinho bonito, a ideia não foi minha. Eu não indicaria você nem para vigiar um recém-nascido.

– Vejo que você não aprendeu nada, Peck. Devia prestar mais atenção para saber como se investiga um crime.

– Não abuse da sorte, rostinho bonito. Se me tirar do sério, ficará conhecido como rostinho feio.

– Às suas ordens, parceiro. Quando quiser. Mas estou trabalhando, se é que não percebeu. Preciso ver o inquérito.

– Sim, é lógico que precisa – a voz destilava sarcasmo. – Há pouca coisa nele para ler. Sendo seu cliente ou não, para mim o caso está resolvido: o noivo matou a vadia num ataque de ciúmes. Só me falta descobrir como ele fez para trancar o quarto por dentro.

– O inquérito, Peck, o inquérito. Sua certeza me convence, cada vez mais, da inocência de Martin, que, caso você não saiba, é o nome do noivo.

Com expressão de contrariedade, Peck esticou o dedo para o arquivo.

– Primeira gaveta, rostinho bonito, pegue você mesmo.

Cooper caminhou até o arquivo com um sorriso irônico, tentando disfarçar a irritação que sentia devido ao apelido que Peck lhe dera. Tinha de dar um jeito naquilo, mas aquele não era o momento.

Examinou cuidadosamente o conteúdo da pasta, leu os depoimentos e os resultados da perícia, fez suas anotações, repôs o inquérito no lugar e saiu sem se despedir. Ainda assim, ouviu Peck resmungar "filho da puta", baixinho.

Dirigiu o Buick até o endereço onde acontecera o crime. A porta de entrada estava lacrada pela polícia com uma fita amarela e larga, onde se lia: "Proibida a entrada. Cena de crime". Sem ligar para o alerta, Cooper ordenou ao policial de plantão que abrisse a porta, mostrando sua licença de detetive particular.

O policial quis objetar, mas recuou diante do olhar furioso que recebeu de Cooper. Rasgou a fita e abriu a porta, não sem antes estabelecer sua autoridade.

– Não toque em nada.

Era um apartamento pequeno: uma quitinete, quarto e sala conjugados e um banheiro. Cooper observou o contorno do corpo da garota feito com giz no centro da peça quase sem mobília. Era a única coisa que indicava que ali ocorrera um crime. Recordou o rosto bonito da vítima, que tinha visto nas fotos do inquérito. Ela era mais uma jovem seduzida pela cidade grande e suas luzes de promessa e ilusão. Mais uma garota ingênua que acabava nos *nightclubs* e cabarés, prisioneira de drogas e cafetões, assassinada numa espelunca. Agora, era apenas um corpo solitário, graças ao qual ele, Burt Cooper, detetive particular, tinha mil dólares no bolso para gastar lá fora.

Às vezes ele odiava sua profissão.

Examinou cuidadosamente a janela trancada por dentro e pensou no corpo se decompondo e empestando o ar, até que ninguém mais no prédio aguentou o fedor, e a polícia foi chamada. Para entrar, os policiais tiveram de arrombar a porta da frente, arrancando as argolas das três trancas de correr que se moviam horizontalmente, que, apesar do arrombamento, permaneciam intactas nos caixilhos de metal. Duas argolas pendiam, ainda presas no marco da porta, e a outra, que se soltara, estava enfiada na lingueta de cima.

Burt Cooper tinha diante de si um enigma de verdade. Como o assassino tinha conseguido aquela proeza?

Colocou em ordem os pensamentos, enumerando os fatos que sabia. Presumindo que Martin Douglas não era o assassino, outra pessoa havia matado a garota.

Sabia que Lauren Lee estava dançando num cabaré barra-pesada no East Side há pouco mais de três meses. Suas colegas desconheciam os hábitos da garota, não sabiam se tinha amigos, namorados, nem mesmo onde ela morava. O dono da casa, um mexicano sinuoso de cabelos pretos penteados para trás, grudados de brilhantina e com um bigodinho estreito sobre os lábios finos, declarou à polícia que apenas contratara a garota por vinte dólares por semana e que ela aparecera sozinha pedindo o emprego. Os demais depoimentos obtidos pelos comandados por Peck iam na mesma linha, isto é, saíam do nada e ao nada chegavam. Martin Douglas entrara no caso porque, dias após a descoberta do corpo, fora à polícia dar parte do desaparecimento da noiva.

"O idiota do Peck acha que Martin é um imbecil", pensou Cooper.

O crime foi cometido de forma deliberada, após minucioso planejamento, isso era evidente. O assassino conhecia a vítima e tinha acesso ao apartamento dela. Sua presença ali, no momento do crime, não surpreendeu a garota, ao menos não havia qualquer indício de luta ou tentativa de fuga. O assassino disparara à queima-roupa, segundo a perícia. Depois pregou as madeiras na janela em forma de um grande X e saiu do apartamento. De algum modo, pelo lado de fora, ele conseguiu fazer as trancas correrem, e a chave na fechadura girar.

A intuição dizia a Cooper de que maneira devia iniciar a investigação visando descobrir o assassino.

E quase sempre sua intuição estava certa.

XLVIII. BONS SENTIMENTOS

– Você deve estar curiosa para saber quais são os meus sentimentos, não é, querida? Afinal, alguém como você, que acha que a vida vale alguma coisa, deve, ao matar alguém, sentir-se atormentado por remorsos e acaba traumatizado pela ação letal que praticou, com ou sem intenção. Se for um crente temente a Deus e outras bobagens, será corroído pela certeza de eternas punições. Minha querida, você pode ficar certa de que nada disso acontece comigo. Pode achar graça, mas o que sinto é justamente o contrário. Busco apenas a sensação de prazer, que é a única coisa que justifica a minha existência, e não um prazer parcelado, de momento a momento. Não. É integral, é uma imensa e embriagadora sensação de alegria que sinto do momento em que vejo meu anúncio publicado no jornal até o final da missão. Depois, quando estou exaurido de tanto gozo, saboreio os dias que seguem até que a sensação diminua e eu sinta que estou pronto para uma nova experiência de prazer supremo. O ato final de tirar a vida é o apogeu do grande prazer. Sublime. Deixo para trás um corpo por quem ninguém mais se apaixonará. É assim, meu bem, que me sinto e é para isso que serve a minha vida. Não sou de matar alguém por motivos pessoais. Acho isso inútil. É bobagem e irrelevante matar por impulso ou para *ter* alguma coisa. Minha natureza é pacífica, você nunca me verá praticando alguma grosseria ou ato de violência capaz de machucar alguém. E mato com um único movimento, instantâneo e terminal, para que a vítima sofra pouco.

XLIX. GAY ARREPENDIDO

Talvez fosse pelo apelido, Unhas, ou pela expressão, "acabe com ela", o fato é que as pessoas compreenderam o significado do primeiro anúncio, porque sempre havia cartas que resultavam em novas missões.

Uma delas tinha várias páginas e, enquanto lia, teve acessos de riso. Era do gay, o segundo cliente, arrependido da escolha, querendo contratá-lo para outra missão.

Contava que no início, após mandar eliminar o parceiro, tudo correu bem. Dedicou-se à mulher e ao sexo hétero, disposto a fazer de tudo para que desse certo. Apresentou a moça aos pais como noiva e chorou ao ver a alegria deles, ao ouvir o pai cochichar para a mãe, na cozinha, que graças a Deus o filho deles era um homem de verdade.

Com o passar do tempo, tudo se complicou. As saudades do antigo companheiro aumentavam, pensava nele o tempo todo e vivia atormentado pelo remorso. Ah, como fora capaz de fazer aquilo?, lamentava-se.

A mulher não lhe dava trégua, convencida de que o havia recuperado da "doença do homossexualismo". Agora queria um filho, mas ele não suportava mais a presença dela. Depois do entusiasmo do início, passou a sentir nojo do corpo feminino, da maciez, dos cheiros, das protuberâncias, da voz e, principalmente, da boca da mulher. Quando ela vinha, com os lábios estendidos, a desferir-lhe beijos, seu estômago embrulhava.

Definitivamente, o negócio dele era homem e, para satisfazer suas necessidades cruciais, voltou a procurá-los, voraz e promíscuo.

Ele era definitivamente gay, como gay queria viver, era assim que se sentia humano, e, por mais que explicasse, esperneasse e até se escondesse, não tinha jeito de se livrar da mulher. Ela se recusava a admitir que ele não queria nada com ela, que o que acontecera entre eles fora um erro, que ele gostava *mesmo* de homem. Quanto mais ele falava, mais ela fingia não ouvir.

Tentou de tudo. Saiu do apartamento dela, escondeu-se num hotel por uns tempos, mudou de emprego e de endereço, mas a mulher – ele não sabia como – conseguia achá-lo e estendia seus tentáculos para envolvê-lo como um glóbulo branco envolve a bactéria inimiga, para sugá-la até a morte.

Um dia, enjoado, sem aguentar mais, vomitou sobre ela:

– Eu sou gay, tá entendendo? Eu gosto de homem, entendeu?, me larga de mão, vai arrumar um homem pra ti, mulher, me deixa em paz!

Ela sorria, sem se importar com o vômito escorrendo por sua roupa. Olhava para ele com um olhar de beata, repetindo que, aonde quer que ele fosse, ela iria atrás.

Concluía a carta querendo os serviços novamente, que pagaria quanto ele pedisse, mas, por tudo de mais sagrado, que agisse rápido, para ontem, para anteontem, ele não aguentava nem mais um segundo, estava a ponto de se matar.

L. SAINDO DE CENA

– NÃO SE SURPREENDA, QUERIDA, COM A NATUREZA HUMANA. CÓDIGOS, regras, normas, ética, religião... Pura bobagem, palavras à toa, pois, quando a coisa aperta... bem, aí as palavras são outras. O que você acha que eu fiz? Aceitei a missão? Recusei? O que você pensaria de mim se eu aceitasse? Não, meu bem, não estou preocupado com o seu julgamento, nem de longe, nem um pouco. Estou curioso em saber se adivinhei sua resposta, pois tenho certeza do que você pensaria: ele é um amoral mercenário, frio e cruel. Acertei? Eu sabia! Não me surpreende nem um pouco, porque você é igual a todos. Gostosinha, putinha, sacana... Acreditou que podia me enganar... Nem tente, menina, sei tudo a seu respeito, sei do que você gosta. Estudei sua vida a fundo, sabia? Detalhe por detalhe, durante vários meses, todos os dias. Você me viu centenas de vezes, mas nunca reparou, não é? Você é tão segura que repeti disfarces, mas você nunca me notou. Portanto, não me ofenda fingindo excitar-se quando toco em você. Não estou aqui para agradar a você, garota, e sim pelo meu exclusivo prazer. Tenho certeza de que na face da Terra, somando todos os seres humanos que já existiram, sou o único diferente, que calcinou a hipocrisia e o cinismo, o único que fala a verdade, diz o que sente e faz o que quer. Como um deus. Não respondi ao gay. Você acha que eu iria correr esse risco? Além disso, não sou conselheiro sentimental, não obrigo ninguém a fazer nada, não influencio nas escolhas nem me preocupo com o que acontece depois. Cumpro a missão e saio de cena. Não sei o que aconteceu com o veado, se ele se matou, como é que ele fez para se livrar da mulher, se é que conseguiu. Na minha vida anterior, eu era um medíocre, incapaz de imaginar a perversidade do ser humano, gente que passa pela gente nas ruas, com quem convivemos, conversamos, trocamos favores, pessoas assim, iguais a nós, carregando desejos e sentimentos que, só de pensar, dá medo. Você, criança, não tem ideia do que alguém pode desejar e fazer. Recebi cartas de todos os tipos. Um queria eliminar a própria esposa e o melhor amigo para ficar com a mulher dele. Outro me pediu para eliminar o filho da amante, que atrapalhava os encontros deles. Um caso – que quase aceitei – era interessante: um médico apaixonado pela filha de quinze anos da empregada doméstica que trabalhava em sua casa, uma mulatinha, segundo ele, de matar do coração qualquer um.

LI. CARONA E TESÃO

A coisa começou inocente. A doméstica chegava de manhã com a filha, que, depois do almoço, ia para o colégio.

O médico almoçava e saía para o trabalho no mesmo horário da garota e, após algum tempo, constrangido de ver a menina ir a pé enquanto ele ia na mesma direção em seu automóvel, ofereceu carona até o ponto de ônibus mais próximo.

Informado pela menina de que a escola ficava numa rua perto da qual ele tinha de passar, estendeu a carona.

Até então pouco reparara nela, que permanecia na cozinha, com a mãe.

Agora, com ela sentada ao seu lado, lançava olhares disfarçados para as pernas moldadas pelos *jeans*, ou à mostra quando usava saia.

Os seios totalmente formados balançavam soltos dentro da blusa do uniforme, e ele, de viés, via os bicos salientes enquanto conversavam. A menina ia contando suas coisas de menina e abrindo para ele sorrisos com maravilhosos dentes brancos, emoldurados pela boca carnuda.

Com quinze anos, a filha da empregada tinha corpo de mulher.

Assim como quem não quer nada, tocava de modo casual na coxa ou no joelho dela, para chamar a atenção de alguma coisa na rua ou acentuar alguma frase.

Aos poucos, a mão foi permanecendo mais tempo, fazendo alguns movimentos para cima e para baixo. A menina não reclamava, não mudava de posição e até colocava a mão dela sobre a dele, fazendo pressão contra a própria perna.

Isso aconteceu durante semanas, diariamente. Ele ansiava pelo fim do almoço e, quando a mulher ou um dos filhos pedia carona, ele se irritava, porque a filha da empregada teria de sentar no banco de trás...

Sábado passou a ser o pior dia, porque a menina não tinha aula e não vinha com a empregada. No domingo, ele vivia a expectativa ansiosa da segunda-feira.

Masturbava-se.

Não raro no consultório, durante uma consulta, a imagem do corpo moreno da garota invadia sua mente com tanta força que ele pedia licença ao paciente e ia ao banheiro, aliviar a tensão.

Até que numa quinta-feira, a meio caminho da escola, ele botou decididamente a mão entre as coxas da garota e perguntou se ela, em vez de ir à aula, não preferia passear com ele, andar de carro por aí, comer um lanche mais tarde, tomar um sorvete, poderiam comprar alguma coisa para ela, algo de que ela gostasse.

Ela respondeu que gostaria, mas tinha uma prova e não podia faltar. Se ele quisesse, podia ser amanhã. Mas ela tinha de estar no colégio antes das seis, hora em que a mãe ia buscá-la.

Enquanto ela falava, apertava a mão dele entre as coxas, retorcendo-se levemente.

O resto do dia e a noite foram de deliciosa expectativa. De manhã foi para o consultório, adiou as consultas da tarde e, no horário de sempre, tentando aparentar calma e naturalidade, chegou em casa para o almoço.

Implorou a todos os santos para que ninguém lhe pedisse carona e teve suas preces atendidas. No horário de sempre, anunciou que ia trabalhar e chamou a menina para a carona.

Ela, com sua mochila escolar pendurada no braço, entrou no carro, e ele deu a partida.

Às quinze para as seis, ele a deixou na frente da escola, para esperar a mãe.

Ainda estava nas nuvens, porque a tarde fora uma loucura.

Eles foram diretamente para um motel, sem dizer uma palavra no percurso. No quarto, meio sem jeito, deu um beijo e um abraço que ela aceitou passivamente. Ele estava nervoso, tenso, trêmulo como um adolescente na primeira vez.

De repente apavorou-se. O que ele estava fazendo com aquela menina? Aquilo era crime, estupro, pedofilia, onde ele estava com a cabeça? Imaginou o escândalo, a prisão, as notícias, seu rosto na televisão, médico pedófilo, casado e pai de família, preso em motel com a filha da empregada!

Sentiu escorrer o suor nas costas, na testa e nas palmas das mãos. Controlou-se, afastou-se dela, abriu o frigobar e pegou uma garrafinha de uísque, que bebeu de um gole, abrindo outra logo a seguir. Para a garota, ofereceu um refrigerante, não ia dar bebida alcoólica para uma menor de idade.

Aprovou o efeito relaxante da bebida subindo do estômago para a cabeça, a musculatura arrefeceu, os tremores cessaram e então, mais calmo, sentou na cama e tirou os sapatos.

Ela permaneceu em pé diante dele, tomando seu refrigerante do bico, com um sorriso encabulado e malicioso, delícia de ver. Dali em diante valeu tudo, de alto a baixo, sem ressalvas, sem restrições. A garota era experiente, já tinha transado várias vezes, nunca com um homem mais velho, somente com namoradinhos. O primeiro tinha sido um garoto de doze anos, isso quando ela tinha treze. Ela sentiu a diferença e gostou. Finalmente, um homem sabia o que fazer com ela.

Agora, dirigindo o carro devagar, fazendo hora para chegar e enfrentar a família, ele tentava compreender o que estava sentindo. Nunca trepara com uma mulher com menos de dezoito anos. Seria ele um pedófilo? Um estuprador tarado, um imoral que trai a esposa – coisa que não fizera em quinze anos de casamento – com uma menor de idade, uma criança, a filha de uma pessoa que trabalhava dentro da casa dele?

Mas... fora muito bom! A sensação de encostar-se naquele corpo perfeito, macio e rijo, trêmulo de desejo, mais do que desejo, *autêntico* desejo por ele, ofertado e receptivo, os sons sem palavras, a emoção de sentir-se sugado, lambido, o prazer incrível de dominar, esbofetear, ofender, perceber o furor que cada palavra e gesto seu provocava nela!

O casamento adormecera-lhe a alma, ele tinha se esquecido das emoções.

Pensou novamente na esposa e nos filhos. Uma onda de medo ricocheteou no peito, como seria dali para a frente? Em que tipo de inferno ele estava se metendo?

Pouco antes de chegar em casa, deu graças a Deus pelo dia seguinte ser sábado. Deitou cedo e dormiu até o meio-dia, saiu da cama apenas para almoçar, sentindo-se incrivelmente leve e satisfeito, sem nenhum constrangimento diante da sua família e muito menos diante da empregada.

LII. SIMPATIA

– Eu escutava a história dele pelo celular, bastante interessado. O caso era insólito e imaginei que o homem estivesse sofrendo com aquela paixão devastadora por uma menina de quinze anos de idade, paixão sem perspectiva de dar certo, sem hipótese de durar muito tempo. Ele ia conquistando minha simpatia e fazendo crescer meu desejo de exterminar sua paixão, resolvendo de uma vez por todas o problema para ele.

LIII. COMEÇA O DRAMA

Durante os meses seguintes, as coisas se ajeitaram muito bem. Continuou dando as caronas, uma vez por semana eles iam para o motel, onde ficavam uma ou duas horas, ela não perdia tantas aulas, e ninguém percebia nada.

Mas ele queria mais tempo com ela. Conseguiram se encontrar algumas vezes no sábado à tarde, mas era complicado, a mãe dela vigiava muito, vigiava tanto que passou a desconfiar que havia alguma coisa entre o patrão e a filha.

O drama começou apropriadamente numa segunda-feira, quando a empregada disse à patroa que tinha uma coisa de que ela não estava gostando nem um pouco. Que coisa era essa?

– Essas caronas que o doutor dá pra minha filha não são coisa boa, dona, a menina tá ficando mal-acostumada, tá reclamando que a gente não tem carro, que ela não gosta de andar de ônibus, que o carro do doutor é que é bom – e, se a patroa não se importasse, ela ia pedir que o doutor não levasse mais a menina para o colégio.

Foi o que a esposa contou a ele, quando chegou para o almoço. Ele se fez de surpreso, nunca tinha imaginado, era só uma delicadeza, mas... tudo bem, ele ia falar com a empregada e com a menina. Resmungou que não se deve mesmo fazer favores, as pessoas são ingratas. Foi até a cozinha e perguntou à empregada o que estava acontecendo, chamou a menina, fez uma repreensão severa, que ela não podia exigir coisas da coitada da mãe dela, que se matava de tanto trabalhar para ela poder estudar, crescer na vida, ser alguém, e não outra empregada doméstica, como a mãe, que ele se sentia envergonhado dela, dela ser tão infantil e imatura, que dali por diante ela nunca mais fizesse aquilo com a mãe dela ou ele parava de levá-la ao colégio, ela que fosse de ônibus ou a pé.

Duas coisas aconteciam enquanto ele falava: a menina não parou de sorrir, e a mãe não desviou o olhar dele um único segundo. Ele quis dar o assunto por encerrado dizendo, com autoridade patronal, que ela podia servir o almoço, dando o primeiro passo para sair da cozinha.

Antes que ele pudesse dar o segundo, a empregada, com voz dura, disse que a filha não ia mais andar no carro dele, chegar perto dele ou dirigir a palavra a ele, ou então ela ia contar à patroa a verdade, tintim por tintim, tudo o que estava acontecendo. E que, para continuar trabalhando naquela casa, queria ganhar o dobro do salário, senão ele ia ver o que era bom.

Tentando fingir surpresa, ele olhou para a mulher e depois para a garota. Viu pela expressão das duas que a mãe sabia de tudo. Balbuciando, conseguiu dizer que não sabia do que a mulher falava, que ia pensar sobre o aumento do salário, e, sem dar mais chance ao azar, saiu a jato da cozinha. Na sala, a esposa perguntou como fora, e ele disse que a empregada devia ser louca, mas, se era assim que ela queria, tudo bem, ele não fazia nenhuma questão mesmo de dar carona para aquela fedelha.

Isso acontecera há alguns dias, e então ele vira meu anúncio no jornal. Se eu pudesse resolver o problema dele, dinheiro não era problema. Ele tinha de se livrar daquela velha maldita, da empregada, da mãe da menina.

– Você viu? O filho da puta queria que eu eliminasse a mãe da garota. As pessoas são assim, meu bem: honradas, tementes a Deus, cumpridoras de seus deveres com a família, a profissão e a sociedade e capazes de qualquer coisa para satisfazer seus desejos. Desliguei e destruí o celular. O canalha não queria exterminar uma paixão proibida, e sim eliminar o empecilho. Acabei aceitando outro caso, menos tenebroso, que me deu a oportunidade de pôr em prática a técnica do quarto fechado, aquela que aprendi na novela policial e que você vai aprender daqui a pouco. Lamento, meu bem, você não poderá ver como é que se faz, mas vou explicar com todos os detalhes, no devido tempo.

LIV. RETOQUES

Está terminando a maquiagem. Vê no espelho a face mais clara, com manchas vermelhas, as bochechas aumentadas, inchaço nas pálpebras e rugas nos cantos da boca. Coloca a cabeleira branca, faz os últimos retoques e um rosto bonachão, de olhar bondoso, aparece do outro lado do espelho. Um rosto totalmente diferente do dele.

Após colocar a almofada para aumentar o estômago, vestir as meias e os sapatos pretos com o falso salto no pé esquerdo, a batina e o colarinho, parece um perfeito padre de ar confortador, pronto para visitar o Virginia's.

Novamente antegozando cada momento que precede o ponto máximo do prazer, nas poucas horas que faltam para executar a missão, ele se fortalece mentalmente, refletindo sobre o que chama do absurdo lógico da existência.

Enumera, sem crítica ou julgamento, os fatos da vida tal qual são; não se compromete com eles nem lhe ocorre praticar movimentos, engajar-se ou pleitear mudanças.

Vê pessoas capazes de participar de campanhas para salvar um pinguim perdido da sua tribo, mobilizando mundos e fundos, enquanto ficam indiferentes a uma criança pedindo esmola nas ruas.

Governos subdesenvolvidos enviando toneladas de alimentos e remédios para socorrer vítimas de um terremoto num país distante, à custa dos próprios miseráveis e doentes, é outro fato que mostra que interesses políticos estão acima de qualquer coisa. Tão acima que nem sequer fiscalizam o destino das doações, não sabem se elas foram mesmo entregues às vítimas.

Entidades beneficentes e seus atos de solidariedade cobram fortunas por jantares nababescos. Seus líderes têm os nomes divulgados em importantes órgãos de imprensa, os participantes são fotografados para colunas sociais e nenhum, nem um único representante do anunciado grupo beneficiário da arrecadação é convidado para o evento, a revelar que a caridade de ocasião serve mesmo é para a escalada social.

Gigantescos concertos de música, com participação dos mais ricos e famosos cantores e bandas, pela paz mundial. A arrecadação de patrocínios de grandes multinacionais, dos maiores fabricantes de armas e das empresas paraestatais, somada aos auxílios oficiais, paga os cachês e garante o lucro dos promotores. Os espetáculos pela paz se sucedem todos os anos, e a paz nunca acontece. Porém, o mundo todo fica sabendo o que promoveram, as pessoas se emocionam, sentem que há esperança e, nos dias seguintes, restam apenas as glórias do evento, registradas pelas mídias internacionais, e toneladas de lixo no chão. Em paz não se fala mais.

As guerras continuam e novas são deflagradas.

Ele não duvida: se houvesse um sentido para a vida, não se faria dela um interminável campo de extermínio.

O ser humano seria mais importante do que qualquer baleia, lontra, golfinho ou ratão-do-banhado. Porém, na ordem das prioridades, o indivíduo ocupa uma das últimas posições, relegado às categorias mais baixas, conforme sua cor, raça, religião ou saldo bancário.

O cinismo é absurdo, e a hipocrisia é louca. Dar comida aos pobres, arrecadar roupas velhas para distribuir no inverno, programas de governo e instituições internacionais de combate à fome e à miséria quando não há nenhuma explicação para que fome e miséria existam.

O planeta é tão rico que nenhum ser humano precisa passar fome.

Mas o ser humano interfere para que a caridade não perca seu *status*, a filantropia não abandone as colunas sociais, os prejuízos financeiros não ocorram, e os políticos não percam a essência de suas plataformas para alcançar e manter o poder. Às religiões faltaria então o rico manancial de súplicas esotéricas, e a fé perderia sua força.

O drama não pode parar. Brincando de boa vontade, a humanidade se diverte.

Dominantes e dominados, reis e vassalos, poderosos e humildes, um contraditório sociológico a produzir pesquisas, debates, hipóteses e teses em busca da explicação inexistente e impossível de ser encontrada. Gerações de humanos enfrentando os mesmos problemas sem solução, como educação dos filhos, o sexo, o crime, a perversão – marco inicial e terminal de cada vida.

Mais alguns minutos e um padre estaria à porta do Virginia's.

LV. APOSTAR E AMAR

Cooper despediu-se do policial com um leve toque do indicador na aba do chapéu, entrou no Buick e dirigiu-se à loja de ferramentas, cujo dono era Mike, o seu *bookmaker*. Eram cinco e meia da tarde, a noite caía rapidamente sobre a cidade úmida de chuva.

Em pouco tempo, uma multidão de seres sairia às ruas de Nova York, substituindo executivos, advogados, balconistas e secretárias. Eram os seres da noite, excluídos e prostitutas, cafetões e traficantes, homens à procura de sexo barato, bêbados, gangues de negros a promover badernas.

Crianças negras sapateariam em frente ao Rockefeller Center, diante de um chapéu posto na calçada, no qual passantes apressados raramente colocariam moedas. O Central Park estava prestes a transformar-se em terra de ninguém, povoada de ladrões, estupradores e maníacos.

Logo as feéricas luzes e os gritantes anúncios em neon de todas as cores brilhariam no Times Square, iluminando uma obscura parafernália humana, a vagar e a esbarrar em si mesma.

Ao mesmo tempo, a Ópera lotaria, a Broadway explodiria em *glamour*, e os mais chiques restaurantes exibiriam celebridades jantando.

Burt Cooper transitava nesse complexo mundo, munido do sarcasmo corrosivo que fortalecia seus princípios. Tinha consciência das contradições da cidade grande e movia-se nela conforme a dança.

– Aqui estão os duzentos dólares, Mike – disse ele ao homem barrigudo, de meia-idade e cabelos ralos, atrás do balcão da loja de ferragens.

– Deu azar de novo, hein, Cooper? – falou Mike, enfiando as notas no bolso das calças.

– É. Vou dar um aperto no meu informante. Ele garantiu Eggs and Bacon na cabeça.

– Você devia abandonar as apostas, garoto. Os cavalos não gostam de você.

– Vou pensar nisso, Mike. Prometo que vou.

Mike gostava de Cooper, sentia por ele um afeto paternal que Cooper percebia, mas não se iludia. Caso não pagasse uma dívida, Mike não teria piedade, no mínimo mandaria alguém para quebrar-lhe as pernas.

Assim eram as regras, e Burt sabia que, para se dar bem, não podia infringi-las.

– A propósito, você ouviu alguma coisa sobre o caso da jovem assassinada dentro de um quarto fechado por dentro?

– Nada, apenas o que li nos jornais. Você está no caso?

– É, estou. Como acha que arranjei o dinheiro?

– Sorte sua, garoto, seu prazo estava estourando.

– Às vezes até eu tenho sorte, Mike. Bote cem dólares em Biscuit, na cabeça, terceiro páreo de amanhã.

– Cuide-se, não gostaria de ter de lhe cobrar uma dívida.

Cooper entendeu claramente a mensagem, despediu-se de Mike e olhou para o relógio: eram dezoito e trinta, Renée devia estar chegando em casa.

A garota enrolada na toalha de banho e com o cabelo escuro molhado parecia bem menor descalça. Teve de apoiar-se na ponta dos pés para receber o beijo de Burt.

– Tudo ok, doçura? – perguntou Burt, tirando o casaco e atirando-se na poltrona.

– Tudo, amor. Como foi o seu dia?

– Finalmente estou num caso. Com trabalho e grana me sinto melhor.

Namoravam há um ano. Renée era garçonete de uma lancheria onde se conheceram e estava cursando uma escola de teatro. Nascera no Brooklyn e se mudara para Manhattan com o sonho de tornar-se atriz. Tinha o rosto oval, grandes olhos castanhos, a boca pequena de lábios carnudos e corpo *mignon*. Burt pensava em casar e constituir família com ela, mas vinha adiando a decisão por causa do dinheiro.

Renée era apaixonada por ele, e a diferença de dez anos entre eles não era obstáculo.

– Querido, que notícia boa! Quer falar sobre o caso?

– Não, meu bem. Ainda não tenho muita coisa para falar. Passei apenas para beijar você, vou trabalhar hoje à noite.

– Que pena, tinha planejado um jantarzinho e depois... epa!, como sou desastrada!

Ela fingiu ter soltado a toalha sem querer. Burt olhou para o corpo nu da jovem, deu uma gargalhada e disse:

– Pensando bem, não preciso sair antes das nove – pegou-a pela mão e puxou-a para o seu colo.

LVI. UM CASO BANAL

Uma carta dizia: "Casca-grossa, ligar para...". Gostou do apelido e ligou. Era um empresário, bastante conhecido e rico, apaixonado pela secretária.

Um clássico.

Para complicar a situação e torná-la ainda mais clássica, a garota estava fazendo ameaças. Ainda não chegara à chantagem explícita, mas deixava cada dia mais claro que não pretendia ficar na posição de "outra" pelo resto da vida – ele que cumprisse a promessa de se separar e casar com ela ou então o mundo viria abaixo.

No ambiente de trabalho estava cada vez mais ousada, recusando obedecer ordens, exigindo privilégios, entrando na sala dele sem pedir licença, respondendo com afetação e intimidade excessiva, inclusive na frente de outras pessoas.

O problema é que, apesar de gostar muito dela, mesmo que se separasse da esposa, não casava, porque as diferenças socioculturais eram gritantes. Ele frequentava ambientes muito acima do nível dela, a família dele era importante... Será que ele poderia resolver o problema?

Hesitou, não era o objetivo do seu trabalho, pois pouco havia de proibido naquela paixão, mas o outro insistiu até convencê-lo de que a paixão estava arruinando a vida dele. Por fim, concordou e passou as instruções de sempre. Dois dias depois foi buscar o envelope na caixa postal.

Seguindo a moça para preparar o plano de ação, viu que era bonitinha e vulgar, difícil compreender a paixão que despertou no cliente.

Levava, em média, três meses para planejar e executar o trabalho. Minucioso e detalhista, nada deixava ao acaso. Mesmo quando o plano estava pronto, esperava mais quinze ou vinte dias para a ação, analisando, corrigindo e repassando para que nada desse errado. Mantinha um intervalo maior entre a publicação do anúncio e a missão, o que, de quebra, prolongava seu prazer.

Só se considerava pronto quando conhecia o alvo como se tivesse nascido com ele e tinha certeza de que poderia executar a missão mil vezes, exatamente da mesma forma.

Achava notável ver que as pessoas se repetem e cumprem a rotina até mesmo quando a transgridem. Dia após dia fazem as mesmas coisas, percorrem os mesmos caminhos, cumprem os mesmos horários, frequentam as mesmas lojas, bares e restaurantes, visitam ou são visitadas pelas mesmas pessoas, repetem rituais para dormir e ao acordar. Vivem sem imaginação e nenhuma variação e, quando acontece algo diferente, não é por ação própria, e sim por algum movimento externo que repercute em suas vidas, como um acidente de carro, falta de luz, morte na família ou uma greve geral. Nesses casos que fogem da rotina, ficam perdidas e procuram, com urgência, o caminho de volta ao litúrgico ciclo de repetições.

O alvo da vez não era diferente. Funcionava conforme uma programação rígida: morava só, num apartamento de quarto e sala que o inspirou a usar o método do quarto fechado. A decoração e a qualidade dos móveis revelavam que o patrão desembolsava um bom dinheiro com ela. Repetia exatamente os mesmos movimentos, dia após dia, ia ao mesmo motel com o patrão às quartas e às sextas-feiras, onde chegavam e saíam sempre no mesmo horário.

Não teve problemas para entrar no apartamento dela, no quinto andar, e fazer o reconhecimento do ambiente. Ia ser fácil: poderia entrar diretamente na sala, cuja janela de vidro era gradeada por fora e coberta com persianas de correr. A única porta interna dava para o quarto e podia ser facilmente trancada com uma madeira ou um ferro. A fechadura da porta da rua era padrão e ficava quinze centímetros acima da chave, havia uma tranca de correr pequena.

A missão seria executada na sexta-feira às dezenove e trinta, no exato momento em que ela chegasse em casa, depois do encontro com o amante, no motel.

"Uma última trepada com o chefe", pensou, "ela vai ter uma última trepada."

Entra no apartamento às dezoito horas disfarçado de encanador. Aparenta uns sessenta e cinco anos, a pele do rosto enrugada e com marcas de varíola. O cabelo é esbranquiçado e desgrenhado. Carrega uma maleta de ferramentas e, embrulhado em papel ordinário, o que poderia ser um pedaço de cano.

Tranca a porta do quarto de dormir pelo lado de dentro da sala, usando panos para abafar o ruído do martelo nos pregos. Verifica a janela para ter certeza de que ninguém pode entrar ou sair por ela. A pequena basculante da cozinha e área de serviço está fechada e, quando tenta abrir, confirma o que já sabia: está totalmente emperrada devido ao desuso e à ferrugem.

Põe uma cadeira contra a parede, atrás da porta de entrada, e fica no escuro esperando a mulher.

Ela entrou e, antes que pudesse acender a luz, recebeu uma facada nas costas, entre as costelas. Caiu, e ele teve tempo de segurá-la, para evitar o barulho do baque do corpo no chão, fechando, em seguida, a porta da entrada. Desferiu mais três facadas em pontos diferentes das costas e um corte profundo na nuca.

Havia muito sangue jorrando e cuidou-se para não ser respingado. Lavou a faca na pia e eliminou qualquer vestígio de sangue.

Colocou a chave do lado de dentro da porta e saiu para o corredor, verificando que não havia ninguém.

Quando entrou no elevador, uma senhora estava lá dentro. Deu boa-noite com voz rouca, de velho fumante, e ela não respondeu. No térreo, esperou que ela saísse na frente e foi para a rua, por onde caminhou com o ar cansado e desolado de um trabalhador braçal, que há muito deixou de achar graça na vida.

O caso foi um furor. Ninguém entendia como o crime havia sido cometido. Quando os moradores começaram a reclamar do mau cheiro, e ninguém atendia aos toques da campainha, a polícia encontrou uma porta chaveada, que arrombou, e o corpo caído no centro de uma peça hermeticamente fechada por dentro. A chave estava na fechadura, e a tranca pendia, ainda presa na porta e com a alça de engate arrancada do marco pela força do arrombamento.

No prédio ninguém se lembrava de alguém de fora circulando, nem mesmo a mulher que desceu com ele no elevador. Quanto à vítima, era uma estranha entre as dezenas de pessoas que habitavam o edifício.

O cliente foi investigado: para sua surpresa, todos na empresa sabiam do caso com a vítima, fato que ele negou veementemente durante a investigação. A moça, nada discreta, confidenciara a colegas de trabalho que era amante do patrão e que ia casar com ele logo que ele se divorciasse.

Para sorte dele, no fim de semana em que o crime foi cometido, ele tinha um álibi perfeito: estava no exterior com a família para a festa de casamento de uma sobrinha.

Uma imagem na TV, da esposa abraçada aos filhos, rendeu um drama hipócrita na sociedade, e o casamento quase se desfez. A esposa pôs fim ao diz que diz: confiava no marido.

Nada de concreto o ligava ao crime. Fora as confidências da vítima, ninguém vira os dois em atitude suspeita, e o caso amoroso transformou-se numa questão de palavra: a dele, negando, e a de testemunhas que nada tinham visto, afirmando.

Sem suspeitos nem indícios, esgotou-se o interesse, e o enigma do quarto fechado permaneceu sem solução.

LVII. MÉTODOS E TÁTICAS

– Prefiro facas, que são fáceis de comprar. Revólveres, você sabe, ou são comprados no oficial ou tem de se envolver com marginais e, por mais que se disfarce, acabará descoberto. A polícia conhece os vendedores de armas. As técnicas de balística são avançadas e podem levar ao autor dos disparos. Atropelamento é razoável, mas há excesso de imponderáveis. Pode haver testemunhas, e você não tem certeza de ter matado a vítima. Quando atropelei o homossexual, trabalhei bastante para esconder as marcas no carro e confirmei a morte dele apenas no dia seguinte. Cogitei o estrangulamento e desisti. Com as próprias mãos é ridículo, a vítima reage, arranha você, e se sua força não for grande, ela pode escapar. Usar corda e fio de náilon é arriscado do mesmo jeito. O estrangulamento é um modo muito agressivo de matar alguém, você não acha? Com faca, não. Você compra em supermercado, guarda na gaveta dos talheres. Ninguém vai estranhar se você tiver um jogo de facas na sua casa. Estranho seria não ter. O importante é lavar a faca cuidadosamente e, para eliminar vestígios de sangue e outros resíduos do corpo, você corta cebolas, tomates, carne logo depois de esfaquear alguém. Você joga a faca fora em qualquer lixeira, atira dentro de um riacho, enfia entre as grades de escoamento das sarjetas ou mistura com outras do faqueiro. Para que o primeiro golpe seja mortal, faça a vítima desfalecer em silêncio. Descobri na internet que o corpo humano tem vários pontos letais que, atingidos por uma estocada, causam morte instantânea. Treinei facadas em cada um desses pontos num boneco de pano que confeccionei. Tomo o cuidado de não repetir o local da primeira facada, a ordem das facadas seguintes nem o número de golpes, para não ser confundido com um criminoso em série, motivado por impulsos insanos, ou com um psicopata querendo atenção.

LVIII. NO VIRGINIA'S

DEPOIS DE UMA ÚLTIMA OLHADA NO ESPELHO, UM RETOQUE NO QUEIXO e um ajuste na cabeleira, um padre abre a porta do apartamento térreo e sai para a noite fria, rumo a sua missão. Logo nos primeiros passos, o corte no dedo começa a doer, como era previsível, devido ao atrito com o sapato.

Caminha duas quadras e toma um táxi, senta ao lado do motorista e indica o endereço do Virginia's. O motorista olha com um sorriso de malícia e pergunta se vai salvar alguma alma perdida. Devolve o sorriso e diz, treinando a voz aguda e o sotaque italiano, que padre também é filho de Deus, e o Virginia's, pelo que tinha ouvido falar, é um lugar bonito de se ir. Talvez alguma bailarina queira se confessar, contar seus pecados, mudar de vida, e, se essa for a vontade de Deus, ele estará presente para ajudar.

O motorista fica em silêncio e aumenta a velocidade do carro. Sente-se incomodado, quer se livrar daquele padre o quanto antes.

Os fiéis não gostam de ver seus representantes celestiais agindo como eles.

Desembarca em frente a uma casa discreta, localizada numa rua intermediária, entre bairros de classe média alta, próxima do centro da cidade.

Um neon discreto pisca o nome Virginia's, indicando que os proprietários não querem chamar a atenção da vizinhança, evitam confusões e garantem a segurança dos clientes.

O porteiro não está habituado a receber padres e se atrapalha quando o vê caminhar em direção à porta. Fala alguma coisa por um interfone e, de dentro da boate, saem dois gigantescos seguranças, elegantemente trajados com terno preto e gravata, que se postam diante dele como um pedaço do antigo muro de Berlim. O que tem expressão mais hostil diz:

– Aqui não é um bom lugar para padres.

E ele:

– Por que não, meu filho? Por acaso aí dentro mora o demônio? Vocês realizam cultos satânicos? Ou um padre não tem o direito de se divertir como qualquer um?

E o outro:

– Não queremos confusão na casa, padre. E o senhor cheira a confusão. O senhor foi mandado aqui pelo bispo? Veio fazer investigações religiosas e perturbar nossas meninas e clientes?

E ele:

– De jeito nenhum, meu filho, de jeito nenhum. Vou ser discreto, sentar numa mesa, não incomodarei ninguém. Tudo o que eu quero é assistir ao show de Nina, de quem meus paroquianos falam com entusiasmo, pedindo absolvição, no confessionário, por pensamentos pecaminosos que ela lhes provoca. Quero ver essa jovem e entender melhor os cristãos de minha igreja, para melhor orientá-los, durante a confissão. Prometo que não vou perturbar.

Um segurança olha para o outro, e ele percebe o esforço que fazem para organizar os pensamentos. O ar da inteligência surge no olhar do que tem cara de brabo, que dá um passo de lado e avisa em voz baixa:

– Olha lá, hein!

O lugar está repleto de homens e mulheres, falando e rindo em voz alta, animados pela bebida e pela música, expelida pelas caixas de som enormes, espalhadas em vários pontos do salão.

A luz é suficiente para ver o ambiente e as pessoas, colorindo a pista de dança de verdes, vermelhos, azuis, brancos e amarelos. Um globo giratório produz o efeito de estrelas rodopiando pelas paredes, e os casais se sacodem. As mulheres, com pouca roupa, balançam em poses sedutoras, mostram seus seios, suas coxas e suas bundas como o melhor de seus atributos. Os homens, como se possuídos por alguma arritmia cerebral, movem-se em espasmos, pernas para um lado, braços em desordem para o outro, cabeças sacudindo para cima e para baixo num estranho ritual, a região pélvica estendida para a frente, em busca de um contato direto com o corpo da parceira.

Caminha entre as mesas procurando o garçom de sempre e nota os olhares em sua direção. Por onde passa, vozes e risadas diminuem. O crucifixo de prata em seu peito reflete os raios de luz, que varam o grande salão, exagerado e vistoso, como se ele estivesse ali para afastar vampiros e exorcizar demônios.

Dentro de instantes, Nina apresentará o show que ele conhece muito bem.

LVIX. COMPREENSÃO HUMANA

– Quando eu era apenas contador, o comportamento alheio não me preocupava. Levava a vida, conversava com minha mulher sobre excentricidades de gente famosa, pecadilhos ou inconveniências de amigos, e achava que fazer a mesma coisa todos os dias era a maneira certa de viver. Cumprir as obrigações, gostar de filmes, saborear os pratos que ela sabia cozinhar, assistir a noticiários na TV, a novelas, prestar atenção nos comerciais e ficar interessado pela reportagem especial que descrevia acasalamento de ursos-polares. E treinava nossos filhos, com irredutível determinação, para serem exatamente iguais a nós. Mas eu sentia que alguma coisa estava errada, que eu não tinha a obrigação de viver apenas aquela vida e que algo maior devia estar destinado a mim. Quando descobri, tudo ficou claro: as pessoas se limitam de propósito e enterram seus desejos tão profundamente em si mesmas, que acabam perdendo contato, se distanciam internamente e fragmentam a própria liberdade. Imitam-se a todo custo para que nenhuma diferença visível nas atitudes do dia a dia possa trazer à tona suas realidades individuais. Os que ousam seguir rumos diferentes recebem rótulos pejorativos, um estigma temido por quem vive à sombra da opinião alheia. Essa percepção do comportamento humano abriu-me portas que antes eu nem imaginava existir. Se você desistir dos conceitos imutáveis e das ideias preconcebidas, sua liberdade será definitiva. Pode acreditar em mim, meu anjo, ninguém alcançou estágio tão avançado quanto eu no quesito *compreensão humana*. Também não faça confusão: não estou dando conselhos nem revelando a verdade da vida. Se o conhecimento emocional da humanidade fosse cumulativo, há muito pais e filhos não teriam conflitos, o sexo não seria mais uma questão, as guerras teriam terminado, e as pessoas, enfim, compreenderiam que a única finalidade da vida é viver como se gosta, até que a vida acabe. E acontece o contrário. Cada geração pensa que é a primeira, recebe a carga cultural da moda, a imposição dos valores e das regras em voga, a exigência de acreditar em ícones indiscutíveis. Quando a nova geração cresce, impondo-se pela ocupação dos espaços sociais, força a geração anterior a aceitar as propostas de pequenas mudanças nos costumes e na moral, repetindo a maioria das velhas fórmulas. Quando os mais velhos aceitam as mudanças, estão *muito* velhos para aproveitá-las. E criam-se ficções, tais como as novas expressões artísticas, os novos rumos científicos, os novos hábitos de acasalamento sexual e familiar, que de novos têm apenas a terminologia, culminando naquela que é o reconhecimento indefectível e indecifrável do fracasso da experiência humana: a terceira idade, aquele momento em que você olha para trás, percebe o desperdício, olha para a frente, percebe a morte se aproximando, olha para si mesmo e... Ficar velho e viver de lembranças, fingindo que é bom ter estabilidade e paz? Eu não serei pego nessa armadilha, meu bem. Minha única expectativa é o próximo prazer, expectativa que me ajuda a tolerar a vida normal, que finjo levar nos intervalos entre as missões.

LX. O SHOW

O som é desligado, e as luzes se apagam. O Virginia's imerge na escuridão, indicando que o show de Nina vai começar.

Um holofote de luz branca gira com rapidez para que as pessoas que dançam possam encontrar suas mesas, e tudo o que se ouve é o tilintar de copos e garrafas, o barulho do gelo sacudido em copos de uísque e o som das respirações.

Então, de forma lenta e crescente, uma luz amarela ilumina o palco, agora transformado num quarto que contém um espelho de corpo inteiro, uma cadeira e, do outro lado, um pequeno armário.

Como se viesse do nada, e ainda sem música, Nina surge no palco, envolvida pelo silêncio da plateia. Vinte e um anos? Dezessete? Quatorze? Não é possível determinar a idade da menina que surge trajando saia, blusa, sapatos quase sem salto, nenhuma atitude sensual, nenhum sorriso provocante, apenas a expressão de inocente indiferença no rosto alvo como porcelana, uma boneca de louça chinesa? Um querubim de longos e cacheados cabelos loiros, mais do que loiros, dourados, um fantástico efeito de olhos azuis imensos e profundos, nariz arrebitado, ornado de pequenas e poucas sardas, boca carnuda e naturalmente avermelhada. Um metro e sessenta e cinco de altura.

Como a filha de alguém entrando no quarto no fim de um dia na escola, na faculdade ou no trabalho, solta um leve suspiro de alívio na frente do grande espelho, examina o rosto, passa as mãos nos cabelos, desabotoa a blusa e abre o zíper da saia, que cai ao chão aos pés dela.

Com ar de tédio, mostra-se a filha de alguém, apenas de calcinhas, a blusa aberta mostrando pedaços do abdômen, o umbigo, a forma dos seios redondos ocultos pelo sutiã, caminhando em direção à cadeira e, sentando, tira os sapatos e massageia os pequenos pés de dedos e unhas perfeitos, esfrega e movimenta os dedinhos para relaxar, descansá-los de um dia inteiro de caminhadas, apoios e movimentos.

Seria como a filha de alguém que, depois de passar a mão pelas pernas, testando a maciez e a lisura, levantaria da cadeira e voltaria para a frente do espelho, jogando a blusa no chão e abrindo o fecho do sutiã para examinar atentamente os seios, de frente, de perfil, de um lado e de outro, com um sorriso de aprovação, apalpando cada um deles com as mãos.

Poderia ser a filha de alguém a fazer como Nina, cruzando o quarto em direção ao guarda-roupa, os seios balançando suavemente, as nádegas redondas marcadas pelas calcinhas, pernas perfeitas, os pequenos pés nus tocando suavemente o piso, abrindo a porta do armário e pegando uma camiseta que enfia pela cabeça, sem se importar com o cabelo, os seios livres, de bicos rijos, marcando o fino tecido, calças *jeans* por onde enfia uma perna de cada vez e, por baixo da camiseta, encolhendo um pouco a barriga, fecha o botão superior e puxa o zíper para cima com suaves requebros de acomodação do corpo às calças justas.

Ainda como Nina, a filha de alguém caminharia de volta para o espelho, o corpo flutuando pelo quarto, ajustando os cabelos, os cachos sobre as orelhas, atrás, na nuca, alisando a camiseta e, assim, à vontade, sairia do quarto descalça, apagando a luz e devolvendo o Virginia's à escuridão.

Passam-se segundos de silêncio, e a casa vem abaixo, os homens gritando, urrando, assobiando, as palmas estalando como mil bombas suicidas, o palco se ilumina, e Nina volta para agradecer à ovação com um leve sorriso, a mesma inocente indiferença. Homens se exaltam, mil "te amos" gritados, as mulheres aplaudem com certo desdém, as luzes voltam ao normal, o som ensurdecedor da música ocupa seu lugar de direito, casais voltam para a pista de dança, homens solitários pedem a conta, casais que se formaram saem abraçados para algum quarto, e ele, o padre, chama o garçom e pede para falar com Nina, invocando a sagrada condição clerical, apenas para conversar com ela, dar alguns conselhos para a moça, devolvê-la, quem sabe, aos sagrados braços da Santa Igreja.

O garçom volta e informa que Nina não quer falar com ninguém, principalmente com um padre. Revela que a menina não está bem-disposta e vai para casa imediatamente.

Aquilo modifica os planos dele, mas, com a previdência com que organiza suas estratégias, altera rapidamente o roteiro que havia preparado e põe em prática o plano alternativo.

Originalmente, ele tentaria convencer Nina a abandonar aquela vida, voltar aos braços de Cristo e, dali em diante, levar uma vida de virtudes nos braços da Igreja. Contava com a recusa debochada da moça, que, com toda a certeza, se ergueria da cadeira, indo em busca de outro cliente.

Ele a pegaria pela mão e diria que, na verdade, estava louco por ela e, apesar de ser padre, estava disposto a pagar por duas horas com ela, num dos quartos do Virginia's.

Tantas vezes ele vira o comportamento de Nina com outros clientes, tantas vezes imaginara aquela cena, que podia ver, em detalhes, o sorriso irônico da garota diante do padre safado e sua conversa mole sobre virtude e salvação da alma, mas querendo mesmo transar com ela.

Subiriam a um dos quartos onde iria fodê-la completamente, antes de executar o serviço. Depois, tranquilamente e à vista de todos, sairia do Virginia's, pegaria um táxi e daria sumiço eterno ao disfarce de padre.

Porém, diante da recusa de Nina em vir conversar, rapidamente paga a conta, declara um "Deus te abençoe" ao garçom e ao porteiro e, com passos rápidos, vai cumprir a missão.

LXI. MEMORIAL

– Meu pai era contador e queria que eu fosse advogado. Minha mãe queria que eu fosse engenheiro, e meu irmão mais velho é médico. Foi o orgulho da família. Eu não tinha a menor ideia do que queria ser e, como não me faltava nada, fui levando, estudei em colégio particular, e, quando veio a época de fazer exame vestibular, não tinha me decidido por nenhuma profissão. Meu irmão já estava na faculdade de Medicina, e eu ali, rateando, fumando maconha, indo a festas e bares da noite, transando adoidado com as gurias, me ligando em filas de baladas para paquerar, indo sempre para a pegação e nunca me envolvendo a valer. Eu achava tudo uma chatice e não queria nada com nada. Fiz vestibular para Direito e levei pau, até que meu pai perdeu a paciência comigo, cortou a mesada, me botou a trabalhar no escritório dele como *office-boy* e me matriculou num curso de técnico de contabilidade. A Alemoa já trabalhava lá. Ele fiscalizou o meu curso tão de cima que acabei fazendo a coisa direito; estudei, aprendi e passei a trabalhar de verdade. Até peguei gosto pela coisa, comecei a ganhar dinheiro e a fazer minha própria clientela. Meu pai era grandalhão, tinha voz grossa e, quando falava alto, era assustador. Sempre sabia tudo e, quando falava comigo, era para ensinar alguma coisa ou me mostrar como eu era incapaz. Quando eu era criança, não passava nenhum dia sem me mostrar que ele tinha sido melhor do que eu, que os pais dele eram pobres, e ele tinha de trabalhar para ir ao colégio, que mesmo assim as notas dele eram melhores do que as minhas, que ele era esforçado, e eu era preguiçoso. Nunca me bateu, nem precisava: a voz e o olhar dele eram suficientes para me arrasar. Gostava de bancar o que, na opinião dele, seria um intelectual. Volta e meia soltava frases que denominava de pílulas de sabedoria ou de pérolas literárias, coisas que lia em jornais e almanaques, pois, além de uma enciclopédia antiga, nunca vi um livro na minha casa. Então, lá vinha um ensinamento dito com semblante sério, na hora do almoço, mostrando como eu era insignificante e não prestava para nada:

– A dor ensina a gemer, meu filho, e quem não planta não colhe. Espero que essa pílula de sabedoria te ajude a ser alguma coisa na vida.

– Sem saber direito do que estava falando, afirmava que era "um livre pensador positivista", mas fazia questão de levar nossa família todos os domingos à missa para fazer "uma social".

– Uma social é bom para os negócios – afirmava. – Quem não é visto não é lembrado.

– Depois saía falando mal do "padreco" e de suas lições de moral. Enquanto isso, minha mãe cuidava dele, de mim, de meu irmão e da casa. Era uma mulher simples, daquelas que não existem mais hoje em dia, não é, meu bem? Você, por exemplo, nem cogita cuidar de filhos e da casa, não é verdade? Descobri cedo que meu pai era uma farsa, não passava de um contabilista medíocre e um ser humano frustrado, para quem educar filhos era apresentar-se como um grande homem. O medo que ele me inspirava desapareceu, e quanto mais observava seu comportamento, mais sentia piedade daquele homem que, num determinado momento da minha vida, parecera um gigante invencível. Não é sempre assim que acontece, desde o início dos tempos? Os pais querem modelar os filhos, apresentando-se a si mesmos como modelos. É fácil compreender por que entra século, sai século, e as pessoas continuam as mesmas. A parceria com meu pai durou uns cinco anos, e ele morreu do coração, num ataque fulminante. Meu irmão, cardiologista, ficou arrasado, ele adorava nosso pai; tive de passar meses consolando ele e a mãe, segurando as pontas da família. Aí a mãe morreu também, definhou, definhou e morreu, acho que ela era tão apegada ao pai que sem ele não quis mais viver. Até hoje não entendi isso, mas tudo bem, cada um, cada um. Meu irmão, já casado, resolveu morar nos Estados Unidos, e nunca mais nos vimos. Assim eu, membro de uma família organizada, rapidamente fiquei sozinho, dono do pequeno escritório de contabilidade de bairro, onde a maior parte do serviço era feito pela Alemoa, de pés enormes, com quem nunca troquei mais do que duas frases de cada vez, e sempre sobre trabalho. Meus amigos antigos foram se arrumando aqui e ali, aos poucos fui perdendo os contatos, usava a internet para conseguir mulher, fiquei muito velho para festas e baladas, a maconha perdeu a graça e resolvi que era a minha hora de ser igual a todo mundo: arrumar uma mulher, casar, ter filhos e envelhecer. No início foi bem legal. Taiane tem pés pequenos e pernas incríveis – as primeiras coisas que olho numa mulher –, já disse isso a você? Era bonita, gostosa, de boa família, alegre, inteligente, a gente se divertia bastante e transava muito bem. As coxas dela me enlouqueceram no momento em que a vi pela primeira vez, na praia. Nasceu o primeiro filho, logo depois o outro, e – abracadabra – eu era mais um igual, construindo um mundinho próprio idêntico ao dos outros, saindo de manhã para o trabalho, voltando ao meio-dia para almoçar, tirar uma soneca de meia hora – quando as crianças deixavam –, voltar para o trabalho, vez ou outra ia fazer uma *happy hour* com conhecidos, retornava para casa, brincava com as crianças, jantava, conversava os assuntos do dia, resolvia os problemas que apareciam o tempo todo, sábado à noite ia ao cinema e jantava fora, domingo dormia até tarde, assistia à TV e, outra vez, aí estava a segunda-feira. Foi mais ou menos nessa época que comecei a ler romances policiais. Por acaso, como quase todas as mudanças que aconteceram na minha vida. Começou com uma fortíssima dor de dente no meio da tarde, coisa que eu nunca sentira. Tinha orgulho dos meus dentes sem cárie. Eu acabara de assinar o balancete mensal de uma tabacaria, feito pela Alemoa, quando a dor começou. Leve no início, não bem localizada, do lado direito superior. Investiguei com a língua, esfregando dente por dente e, quando toquei num deles, um molar, senti a dor aguda, quase um grito mudo dentro da boca. Apertei a língua contra o dente, a dor se repetiu e não parou mais. Forte, insistente, uma agonia como eu não conhecia. Fui ao banheiro, arreganhei o lábio superior e investiguei diante do espelho, mas nada vi de anormal. Enchi a boca de água, bochechei, e a dor piorou, o contato da água fria no dente foi como apertar uma ferida aberta com o dedo. Achei uma aspirina no armário e enfiei na boca, prendendo, com a língua, o comprimido contra o dente e senti o gosto ruim do remédio se dissolvendo. Houve um mínimo alívio da dor e mandei a Alemoa largar o que estava fazendo e ligar imediatamente para minha dentista. Ela não tinha hora, mas como era uma emergência, eu que fosse ao consultório que ela me atendia entre uma consulta e outra. O consultório era perto, mas não dava para ir a pé. Tomei um táxi, pois até para dirigir estava difícil. Era uma dentista que eu consultava uma vez por ano para fazer limpeza e revisão, cadastrada no plano de saúde que eu, como bom marido e pai, mantinha para mim e para a família, pagando uma fortuna para quase nunca usar. Peguei uma revista para folhear, enquanto esperava na sala de espera do consultório, me retorcendo na cadeira e apertando a bochecha direita com a mão na tentativa inútil de aplacar a dor. Numa das páginas da revista, que eu mal olhava, dei com um título saliente, em negrito e letras grandes: CONTO POLICIAL, e comecei a ler. Não completei a leitura, que era interessante, rápida, sobre alguém que sem mais nem menos se torna suspeito de um assassinato e, tomado de pavor, foge, piorando sua situação a cada movimento. Não cheguei ao final porque a recepcionista me disse para entrar. Entrei na sala da dentista, que, de costas, meu deu boa-tarde enquanto examinava umas fichas, acredito que minhas. Sentei na cadeira e abri a boca dizendo que a dor surgira de repente e coisa e tal, e aí ela veio em minha direção dizendo "vamos dar uma olhada", enfiou o espelhinho torto na minha boca e ficou examinando de um lado para o outro, depois pegou a pinça pontuda e foi tocando meus dentes até chegar no que doía, e eu gemi com a boca aberta. Não fosse eu um sujeito com bons instintos e teria arrancado o dedo dela com uma mordida. Ela fez um *ahã* que me soou sádico, preparou a agulha de anestesia, a picada doeu, o primeiro jato do líquido doeu, e logo depois, quando o efeito começou e a dor foi desaparecendo, aprendi o mais intenso significado da expressão "que bom". Acho que a única coisa que se compara ao prazer absoluto é o da dor que para de doer. O problema no dente era no canal que afetava o nervo ou vice-versa, a verdade é que saí de lá sem dor, medicado e com hora marcada para o dia seguinte. Naquela noite, depois de contar o episódio para minha mulher, de ouvir os comentários tradicionais como "dor de dente é horrível", "coitadinho", "problema de dentes é melhor resolver logo", depois de assistir ao capítulo da novela, depois de ir beijar as crianças adormecidas, depois de sair do banho e deitar na cama ao lado de Taiane, que lia um artigo sobre a idade escolar numa revista de variedades, depois de dar um beijinho nela, desejar boa-noite e me virar de lado para dormir, me lembrei do conto policial e senti curiosidade: como terminaria aquela história? No dia seguinte, pela primeira vez na minha vida entrei numa livraria em busca de livros que não fossem escolares. Tive de voltar à dentista para mais três consultas e nunca encontrei aquela revista. Perguntei à recepcionista, que prometeu procurar e imediatamente esqueceu a promessa, e hoje não faço a menor ideia de qual revista era e ainda não sei como termina a história policial que me ajudou, no momento crucial, e que abriu para mim uma hipótese nova de emoção cotidiana, aquecendo a mornidão do meu dia a dia. A livraria ficava perto do meu escritório, vendia livros novos e usados, revistas antigas, material escolar e papelaria em geral, além de ter um setor apenas com livros didáticos e técnicos. Fui atendido pela dona, uma senhora gorda e simpática que, informada do que eu queria, me levou para os fundos da loja, em uma região sombria e empoeirada, com uma imensa estante repleta de livros, romances e contos policiais, e de revistas de mistério e ficção científica. Eram livros antigos, lidos por várias gerações, alguns com as capas originais, outros encadernados, mas em nenhum faltavam páginas, me assegurou a dona. Declarei a ela minha condição de iniciante e pedi sugestões. Ela então me indicou uma coleção de revistas chamada *Mistério Magazine de Ellery Queen*.

– Se eu fosse o senhor, começava lendo estas revistas. Os melhores contos policiais foram publicados nesta coleção. O senhor vai se dar muito bem com a leitura. Depois o senhor evolui para as novelas e os romances.

– E assim comecei, liberando a imaginação para as cidades americanas das décadas de 1930 e 1950, ao modo de vida americano, aos costumes, à moral vigente e ao crime, tratado por escritores de primeira linha, com seus personagens e heróis, enigmas e estratagemas, a dureza dos diálogos, as mulheres fatais, a ambição, um mundo inteiro contido naquelas velhas páginas, que devorei uma a uma, sentindo a emoção adicional e solitária que, durante a leitura, me alienava da vida que eu tinha de levar. Quando, no saguão daquele hotel, vi a possibilidade de sentir de verdade as emoções literárias que vinha acumulando, um clarão interno revelou que eu poderia experimentar um prazer que nenhum momento de luxúria jamais me provocou.

LXII. O PRAZER DO PRAZER

CAMINHA RAPIDAMENTE PELAS RUAS DO QUARTEIRÃO ESCURO EM DIREÇÃO à entrada de serviço do Virginia's. É pura adrenalina, vigor, tensão. O corte no dedo arde, e cada passo aumenta a dor, ele nem precisa do salto falso para mancar.

Prevendo que aquela situação poderia ocorrer, fizera o percurso várias vezes e tinha calculado a distância e o tempo com perfeição. Nina prepara-se para abrir a porta do carro, um utilitário branco, quando ele toca em seu ombro dizendo: "Minha filha?". Ela vira para ele o rosto de querubim, boneca de porcelana chinesa, os imensos e fulgurantes olhos azuis que, no segundo seguinte, perdem o brilho e a vida, fulminados pela certeira facada que lhe atinge o coração.

Segue caminhando até chegar na avenida movimentada, duas quadras adiante, onde não tem dificuldade em tomar um táxi, sentando no banco traseiro para que o motorista possa ver bem o seu rosto pelo espelho retrovisor. Fornece o endereço de uma rua a três quadras do seu apartamento de trabalho.

O serviço está feito, a emoção e o prazer renovados e intensamente sentidos – não ter fodido Nina não tira nem um pouco o brilho da coisa. Ele está louco para tirar o sapato e a meia e sentir a agradável diminuição da dor no dedo do pé.

É a primeira coisa que faz assim que fecha a porta. Caminha até a cama e examina o dedo. Realmente a ferida estava aberta, um pequeno corte horizontal na carne, paralelo à unha.

A ardência diminui.

Adora os momentos após uma missão, quando desfaz o disfarce peça por peça, joga tudo dentro de um saco de lixo e revive cada um dos instantes, desde o contato inicial com o cliente.

Aos poucos, o padre bonachão desaparece e ressurge o rosto magro, de olhos castanhos e inexpressivos, cabelos de cor indefinida, mais para o claro do que para o escuro, um rosto adequado ao metro e setenta, definindo sua figura comum e sem qualquer atrativo especial, um homem de quarenta e poucos, aparentando a própria idade e que não se destaca num grupo de três.

LXIII. NO "EL CAMIÑO"

A ESPELUNCA FAZIA JUS AO APELIDO. BURT COOPER PASSOU PELO porteiro negro e sua cara ameaçadora de ex-pugilista, entrou no salão e sentiu o cheiro característico de perfume barato misturado com fumaça de cigarro, suor e laquê. O El Camiño situava-se numa das áreas perigosas de Nova York, repleta de bares e clubes frequentados por todos os tipos da escória nova-iorquina.

Seu proprietário era Luiz Aragon, um mexicano que fazia questão de parecer o que era: cafetão.

Eram vinte e uma horas, e a casa estava cheia. Conseguiu uma vaga no bar e pediu um *bourbon* ao *barman*, colocando dois dólares sobre o balcão.

Burt Cooper olhou ao redor. Homens mal-encarados, aparência suja, vestindo roupas e botas pesadas. Mulheres circulando com maquiagem excessiva e seminuas, requebrando os quadris e lançando olhares grosseiramente convidativos. Mais ao fundo, havia uma espécie de tablado retangular, onde dançarinas perfilavam suas poses eróticas, quase esfregando os seios e as bundas na cara dos assistentes, que batiam palmas e enfiavam notas de um dólar nas calcinhas das mulheres, dizendo piadas e comentários obscenos.

Cooper bebeu seu *bourbon* de um gole, fez uma careta e pediu outro. Quando o *barman* se aproximou, ele perguntou:

– Você conhecia Lauren Lee, a bailarina que trabalhava aqui e foi assassinada?

O *barman*, um homem troncudo com volumosos bíceps quase rasgando as mangas curtas da camisa, fez uma careta e perguntou:

– Você é tira? Você tem cara de tira. Por que não toma sua bebida e cai fora?

– Não sou tira, amigo, sou detetive particular.

– Para mim é a mesma coisa.

– Vou provar que não é.

Cooper tirou um maço de notas do bolso, separou uma de cem e colocou sobre o balcão. A mão do *barman* fez um movimento automático em direção à nota, porém Burt cerrou a mão escondendo o dinheiro:

– Se você me disser o que eu quero, esta nota é sua.

O *barman* coçou o queixo mal barbeado, olhou para os lados e disse baixinho:

– Volte à meia-noite. Talvez eu tenha algo para você.

– Acho que não posso esperar tanto tempo. Como é o seu nome?

– Frank.

– Ok, Frank, vou dar uma volta e retorno às onze horas. Ou você ganha os cem, ou você não ganha. Está bem assim?

– Certo, espertinho, às onze horas então.

A conversa chamou a atenção de dois homens que estavam no balcão, ao lado de Burt. Um deles tinha visto o dinheiro. Quando Burt virou-se para sair, sentiu uma mão de ferro em seu braço.

– Já vai, amigo? Qual é a pressa? O que acha de pagar uma cerveja?

– Claro, por que não? – disse Burt, ficando de frente para o homem. Simulou enfiar a mão no bolso e desferiu-lhe violenta joelhada na virilha.

O homem apenas suspirou e, como se encolhesse, abaixou-se lentamente até ficar de joelhos.

– Ei, Frank! Acho que seu cliente comeu alguma coisa estragada – disse Burt, dirigindo-se para a saída.

Desde que iniciara a profissão, aprendeu, ao custo de muita pancada, a estar sempre atento às provocações e a tomar a iniciativa. Joelhadas e chutes na virilha já tinham demonstrado, em ocasiões anteriores, ser excelentes iniciativas.

Dirigiu devagar até avistar Joe Lore, um ladrãozinho barato viciado em heroína que lhe devia favores e pagava com informação. Joe andava de um lado para outro em frente ao Madison Square Garden, onde cartazes anunciavam uma luta de boxe pelo título mundial dos meio-pesados.

Burt parou o carro e abriu a porta do carona, fazendo sinal para Joe entrar.

– Estou mal, homem, muito mal – Joe foi dizendo –, estou devendo ao meu fornecedor há três dias, estou mal, muito mal, preciso de uma grana, homem, preciso comprar uma dose ou vou cair morto agora mesmo.

Cooper olhou para Joe enquanto dirigia o Buick em direção à Quinta Avenida. Sentiu pena. Sempre sentia pena dos pequenos delinquentes, dos arrasados que nunca tiveram chances na vida e que existiam apenas como figurantes. Pessoas como Joe Lore simplesmente não faziam diferença. Mortos ou vivos, dava no mesmo, valiam menos do que uma mosca esmagada contra o vidro de uma janela.

Sentindo pena ou não, Burt Cooper precisava ser duro e, mesmo contra a vontade, foi duro com o pequeno Joe. Esticou o braço e segurou a nuca dele, empurrando com força para a frente. Joe bateu com a testa no painel do carro e gritou de dor.

– Para com isso, homem, não vê que estou mal? Não precisa bater em mim...

– Se não quiser apanhar mais, é bom colaborar. Se você for esperto, Joe, vai ganhar o que precisa, entendeu?

Burt enfatizou a pergunta apertando com mais força a nuca de Joe.

– O que você quer, homem? Ei, Cooper, você está machucando meu pescoço!

– Lauren Lee Taylor – disse Burt, afrouxando a pressão.

– Quem? Nunca ouvi falar.

A pressão aumentou.

– Está bem, ok, ok, a vadia do El Camiño, o que você quer saber?

– Tudo, Joe, quero saber tudo. Quem a matou e como fez para trancar o quarto por dentro.

– Juro que não sei de nada, Cooper. Mas vou me informar para você. Pelo amor de Deus, homem, preciso de uma grana...

Burt soltou a nuca de Joe, estacionou o Buick e estendeu vinte dólares ao homenzinho:

– Tome, vá comprar sua droga. Encontro você mais tarde, lá no Madison, e, se você tiver o que quero, vai ganhar mais cinquenta.

Arrancou fritando os pneus do Buick logo que Joe botou os pés na calçada. Estava cansado, enojado e farto. Enojado de si mesmo e de gente como Joe Lore, farto de lidar com o submundo de ladrões, assassinos, prostitutas, pessoas violentas, cansado da profissão que tinha.

O grande relógio de Times Square marcava vinte e duas horas daquela noite fria de inverno. Nova York fervilhava.

LXIV. A PRISIONEIRA NUA

Elisa mantinha os braços cruzados sobre o peito para esconder os seios.

Após tantas horas sentada, as costas doíam. Precisava esticar as pernas, ficar em pé, andar um pouco. A tortura do esparadrapo dera lugar à tortura da posição fixa.

Pediu ao homem que soltasse seus pés da cadeira para poder se mover. Ele respondeu que, como ela estava comportada, faria melhor do que isso.

Abaixou-se e desamarrou a corda, deixando a garota livre. Ela se ergueu e viu o rosto dele, que, naquele momento, parecia bondoso. Ela não podia acreditar que aquele homenzinho fizera aquelas coisas todas. Ensaiou uns passos, mas ele a segurou pelos ombros, dizendo:

– Vou deixar você mais confortável, meu bem.

Em seguida, abriu o botão e o zíper das calças *jeans* e baixou-as, revelando pouco a pouco a região pubiana e sentindo a textura e a maciez das coxas brancas, até deixá-la nua, apenas com as calcinhas. Deu dois passos para trás, jogando as calças para um canto e apreciou o corpo da garota de dezessete anos.

Diante dele estava uma figura que lembrava fotos antigas dos campos de extermínio nazista. Com os braços em cruz ocultando os seios, as mãos, garras esmagando os ombros, pernas e pés virados para dentro, uns sobre os outros, com os dedos retorcidos e olhos esbugalhados pelo terror, Elisa era o quadro vivo do limite mais inferior da dignidade humana, patética e indefesa.

Ele estava satisfeito com o que via. Comprovava mais uma vez que, sob o *glamour*, a afetação, os gestos ensaiados e a beleza dos traços, o que realmente prevalece no ser humano é a horrenda feiura, a selvageria e a submissão animalesca do mais fraco diante do mais forte.

– Comporte-se e fique à vontade, meu bem. Mas antes, tire você mesma as calcinhas. Não quero ofender sua intimidade.

Elisa obedeceu sem pensar. Naquele momento seu instinto de sobrevivência desapareceu, e a morte seria bem-vinda. Ele observou o minúsculo triângulo de pelos pubianos depilados com arte e engenho, abaixo do qual se mostrava a parte superior de sua delicada vagina.

Não tinha como ver a expressão gulosa no rosto do homem, outra vez imerso na penumbra.

LXV. A ALEMOA

– Você conhece o tipo certinho, que jamais atrasa uma conta e que sabe o que vai fazer nos próximos três meses? Que não permite alterações na sua rotina e fica perdido diante de qualquer imprevisto? O tipo que, quando recebe uma correspondência com timbre oficial, treme de medo enquanto abre o envelope, imaginando o que será que o governo quer com ele e o que será que ele fez de errado? Eu sou esse tipo. Tenho minha vida oficial anotada na agenda, preencho os cheques para pagamento de contas com quinze dias de antecedência, jamais compro o que não posso pagar, obedeço às regras de trânsito, guardo recibos e nunca infrinjo uma lei. Previsão e previdência são os meus lemas, porque não quero a polícia e a Justiça no meu pé. Você poderia escrever, em meia página, o livro da minha vida, antes da revelação. No início, minha mulher me chamava de chato, mas ficou pior do que eu. Tínhamos horário para tudo, o dia era uma sucessão milimétrica de movimentos combinados, nossas únicas surpresas eram proporcionadas pelas crianças, com seus crescimentos e suas doenças. Os livros policiais me introduziram no mundo da transgressão, do imprevisto, da surpresa, da armadilha, do improvável e do imponderável. Lendo um romance policial, eu podia sentir medo, ansiedade, chegar tarde, deixar para amanhã, fazer sexo a qualquer hora, ser valente, ser covarde, agredir, apanhar, ficar louco, odiar, me apaixonar. Um prazer, sim, que se dissolvia ao fechar o livro e perceber que tudo continuava igual, que eu continuava igual e que estava na hora de um compromisso agendado a que eu precisava atender. Quando passei a exterminar paixões proibidas, continuei o mesmo certinho, principalmente no escritório, como contador de arrabalde. Se você perguntar à Alemoa se ela notou alguma mudança no meu comportamento, ela jura que não, ficará surpresa se lhe disser que não moro mais com minha família. A Alemoa integra o elenco das minhas necessidades sustentáveis. Após décadas trabalhando ao lado dela, nada sei de sua vida pessoal nem ela da minha. Nunca nos perguntamos nada, não nos oferecemos, não convivemos. Ela é minha faz-tudo, e eu pago um salário para ela fazer tudo. A Alemoa não é uma pessoa de verdade. Ser certinho é essencial para o que faço. Nada pode ficar ao acaso, prevejo inclusive as coincidências. Cada detalhe é planejado e repetido dezenas de vezes, calculo as probabilidades e estudo as diversas maneiras de lidar com situações imponderáveis. Criminosos não se preocupam com o imponderável, acreditam que estão acima da casualidade e, por isso, acabam na cadeia. Eu me preocupo. Penso e repenso cada movimento e analiso tudo o que possa dar errado. Não dou chances ao azar porque a ideia de ser preso é intolerável. Não sei o que faria se isso acontecesse, talvez me matasse. Não pretendo cometer suicídio, não vejo vantagem em antecipar aquilo que certamente virá. Porém, é uma hipótese considerada, caso um dia eu seja encarcerado. Ser meticuloso é uma qualidade que desenvolvi, não sei a razão. Acredito que isso começou quando meu pai me alfinetou com uma de suas pílulas da sabedoria, durante um almoço. Eu tinha feito ou não tinha feito algo, e ele, com aquele jeitão senhorial de quem sempre sabe tudo, me disse:

– Quem não quer procurar, guarda sempre no mesmo lugar.

– Não faço ideia de onde ele tirou a frase, mas fiquei impressionado. Daí em diante, passei a cuidar meticulosamente das minhas coisas e da minha vida. Por isso não deixo rastros e, quando extermino uma paixão proibida, em seguida extingo um personagem. Os disfarces são transformados em cinzas, e nada sobra das pessoas que crio.

LXVI. UM IMPONDERÁVEL

Deitado na cama e saboreando o prazer intenso, relembrando cada detalhe da missão, ele reflete sobre o sucesso do show de Nina: a pura inocência de Nina exposta aos olhos de homens que buscam dançarinas exóticas e sensuais, garotas de programa belíssimas, escolhidas a dedo entre universitárias carentes, comerciárias ingênuas, garçonetes e aspirantes a modelo.

Nina era um monumental doce de leite oferecido à gula lúbrica masculina, encarnando a cobiçada virgem adolescente, loira de olhos azuis a despejar inocência e malícia sobre o reino das putas.

Homens gostam de imaginar o que uma mulher faz quando está só. Uma janela iluminada é atração irresistível para o universo masculino. Muitos compram binóculos potentíssimos, telescópios de grande alcance e ficam, durante a noite, à procura de janelas iluminadas, onde possam aparecer mulheres nuas ou tirando a roupa, transando, depilando as pernas, caminhando de uma peça para a outra, falando ao telefone.

O show de Nina era uma janela iluminada na noite.

Um quarto onde uma garota entra, troca de roupa e sai, agindo com a segurança e a naturalidade de quem não se sente observada. Mostrando onde ela se coça, o modo de examinar imperfeições da pele e do rosto, os gestos de vaidade, as expressões faciais sucessivas e espontâneas, sons e movimentos produzidos na mais íntima solidão, oferecendo a cada homem sentado no salão um inesquecível momento de *voyeurismo*.

Um dos espetáculos mais sensuais e excitantes a que já assistira na vida.

Aparece em cena surgida do nada e sai de cena de volta para o nada. As outras mulheres que se exibem em shows, circulam pelo salão, disponíveis e oferecidas, e destroem a fantasia de ser intocáveis, como parecem ser quando estão no palco.

Nina desaparece e só mais tarde volta ao salão, caso precise de dinheiro. Não fala além do necessário: preço e pagamento. Depois sobe com o acompanhante para um dos quartos que a casa oferece. Graças a ela, a boate fica mais cheia a cada noite.

Surpreso com uma inusitada ereção, masturba-se, com a imagem de Nina só de calcinhas fulgurando em sua mente. Talvez haja uma ponta de frustração por não tê-la fodido, conforme o plano original.

Logo adormece, acordando na manhã seguinte com o toque fantasmagórico do celular oficial. Havia contrariado as regras, jamais deixava de voltar para casa depois de uma missão e nunca acordava tão tarde num dia de trabalho: onze horas.

Atende: é a Alemoa querendo saber se vai ao escritório, porque estava quase na hora do almoço, e ela precisa da assinatura dele numas guias de imposto. Aturdido, responde que volta a ligar em quinze minutos, durante os quais raciocina, procurando adaptar a situação insólita à sua rotina. Era muita coisa para pensar ao mesmo tempo, tudo o que deveria ter feito na noite anterior ainda pendente, e não está habituado a lidar com coisas pendentes.

Eis um imponderável que não previra.

Resolve voltar à rotina e deixar as pendências para a noite. Terá o resto do dia para se organizar. Avisa a Alemoa que em meia hora estará lá, toma banho e se veste. Consegue percorrer os poucos metros do corredor do edifício até a porta da rua sem ser visto.

Vai de táxi direto para o escritório, assina a papelada e, quando a Alemoa sai, reflete com calma, anotando num papel o que está diferente das outras missões: a) não dormira em casa; b) o carro estava na garagem do edifício; c) o material usado na missão não fora incinerado; d) a faca usada ainda não desaparecera; e) teria de voltar ao apartamento de trabalho dois dias seguidos.

Examina a lista pensando em outras coisas para anotar. Ah, sim, tinha chegado ao escritório fora do horário habitual.

Nada grave ou de difícil solução. Ninguém saberia se dormiu em casa ou não. Tem pouco contato com os moradores do edifício. À noite providenciaria a eliminação do disfarce e da faca, e o fato de ter chegado tarde não tinha causado nenhum transtorno que exigisse uma explicação.

Promete-se que aquilo nunca mais acontecerá. Ele foi assaltado pelo excesso de confiança e se deixou levar pela excitação da missão.

LXVII. AS LEIS DO UNIVERSO

– As grandes tragédias ocorrem quando a rotina falha. Fazer sempre as mesmas coisas e do mesmo jeito distrai. É quando o médico deixa uma gaze no estômago do paciente; o piloto esquece de acionar um mecanismo, e o avião cai; alguém não desliga o botão, e a bomba explode; a secretária se esquece de dar o recado, e você perde o negócio; você cochila e espatifa o carro num poste. A rotina, meu bem, além de chata, é perigosa. As primeiras notícias da morte de Nina apareceram nos noticiários da TV. A polícia tinha um suspeito, que mantinha em segredo, para não atrapalhar as investigações. Dei risada, quem seria o suspeito? Acompanhei a evolução do caso nos dias que seguiram e quase caí da cadeira quando o delegado encarregado efetuou uma prisão. Contei a você quem foi meu cliente no caso Nina? Não mesmo? Interessante... Podia apostar que você já sabia... Quando ouvi os motivos do meu cliente, reforcei a certeza de que a mente humana funciona tal e qual o universo real, numa sucessão de choques, explosões, catástrofes, astros que se encolhem ou se expandem, cometas que se desfazem a velocidades incríveis, mundos que se formam e se destroem. Pura violência e fúria. Não existe harmonia nos universos físico e humano, suas leis são artifícios usados para dar a sensação de ordem no que é constante hecatombe. Apenas palavras em busca de um significado, onde não há nenhum significado. Sentimentos, emoções, razão, inteligência, percepção – palavras a explicar o desastre absoluto disfarçado de paixão, amor, medo, ódio, arrogância, heroísmo, submissão, amizade, inveja, compaixão, caridade, palavras são apenas palavras para amenizar a fúria que corrói, calcina e devasta, inexoravelmente. Nada no universo acontece que não seja à custa da destruição. Seres que sobrevivem, devorando outros seres que sobrevivem, devorando outros seres, sem sentido ou finalidade. Apenas um fato na lonjura dos tempos e constatável num átimo da eternidade quando surgem, por acaso, seres com poder de constatação. Você nem vai se espantar ao saber que meu cliente, o que me contratou para exterminar Nina, sua paixão proibida, foi o irmão mais velho dela. Ele contou que fora seduzido pela irmã, dois anos mais nova, e se perdeu de paixão. Sabia que era errado e não conseguia evitar. Tentara, mas, como uma droga poderosa, a paixão era mais forte do que a vontade e sucumbia nos braços da irmã. Não acreditei na versão dele porque ninguém é seduzido se não quiser também seduzir. Você sabe muito bem do que estou falando, não é mesmo, meu bem? Você é boa em sedução. Ele atribuiu a culpa de tudo à irmã, porque o medo do castigo costuma transformar pecadores em vítimas. Sob o estigma de culpas, as pessoas responsabilizam os outros e até mesmo as circunstâncias pelas próprias falhas. Não conseguem nem se desculpar nem perdoar os culpados, terminando a vida à espera de uma misericórdia sobrenatural, de um truque de mágica que os exima e absolva. Eu não, meu bem. Não me culpo nem culpo ninguém. Sinto-me acima e além do palavreado piegas com que as pessoas teimam em enfeitar suas histórias.

LXVIII. NINA

DESDE CRIANÇA, NINA LARGAVA QUALQUER BRINQUEDO, AMIGAS E COLEgas para ficar com Régis, seu irmão mais velho.

Dormiram no mesmo quarto até ela completar doze anos, quando os pais compraram um apartamento novo, e cada um ganhou o próprio quarto.

Um ano antes, fingindo dormir, observava Régis se masturbar, como fazia todas as noites.

Sempre assim: eles iam para o quarto, conversavam e brincavam, apagavam a luz e, quando ele pensava que Nina tinha adormecido, iniciava suas masturbações, várias por noite.

Nina era fascinada pelo irmão desde quando se lembrava. Via nele o herói, o companheiro e o protetor. Nada lhe agradava mais do que estar junto dele, e nisso era correspondida. Régis adorava a irmã.

Naquela noite, após muito observar, Nina foi até a cama de Régis e tocou no braço dele, que se movia para cima e para baixo. Sorriu com o susto do irmão e, antes que ele se desse conta, envolveu o pênis dele com a mão e continuou o movimento. O menino gozou logo, expelindo um líquido inconsistente, precursor do sêmen que seu organismo começava a produzir.

Nina adorou o estremecimento e o gemido dele e riu ao sentir o membro amolecer na sua mão, ficando pequeno e amorfo, encolhido como um caramujo.

Ele soltou uma risada adolescente, chamou a irmã de sem-vergonha, o que ela tinha feito era feio, e, se ela fizesse de novo, ele ia contar para a mãe. Sorrindo, Nina deu-lhe um beijinho na testa e voltou para a cama.

Ele não esqueceu a mão da irmã segurando seu pênis e precisou masturbar-se mais vezes antes de pegar no sono.

Na manhã seguinte, agiram como se nada tivesse acontecido, não falaram no assunto, e Régis, com vergonha, passou a masturbar-se no banheiro.

– Pelo amor de Deus, Régis, enfia teu pau no meu cu!

Ele obedeceu, e foi uma loucura sem tamanho. Nina galopava por baixo dele, se esticava na cama, apertava o esfíncter até quase imobilizá-lo. Ele segurou-se até o limite, enquanto ela tinha orgasmo após orgasmo, apertando os dedos dele contra a vagina, subindo e descendo as nádegas no ritmo contrário ao dele, que, sem suportar mais a intensidade do prazer, gozou, expelindo esperma de verdade, e ela, com um gemido abafado, sentiu-se inundada e quase refrescada, tamanho era o calor interno que nela fervia.

Ficaram imóveis, o pênis dele encolheu e saiu. Duas crianças de quatorze e doze anos, inebriadas de prazer, luxúria, culpa, sabendo que estava errado, que não era natural, que estavam pecando e seriam castigadas, mas incapazes de resistir à mútua e inconcebível paixão.

No novo apartamento, afastaram-se. As tentações noturnas eram contidas pelo medo de serem vistos pelos pais, cujo quarto ficava entre os deles. Quantas e quantas noites, tremendo de desejo, ficaram se olhando, cada um da porta do seu quarto, e voltavam para a cama, frustrados, contrariados, odiando a ausência um do outro.

O tempo passou, e eles, como quem se redime de si mesmo, não mais se encontraram e seguiram as próprias vidas. Cada um no seu grupo de amigos, ele conseguiu ficar com algumas colegas, ela também, a vida familiar aparentemente normal, os irmãos convivendo, brigando, discutindo e brincando como irmãos.

Os pais nunca perceberam o que havia acontecido, e, quando ele estava com dezesseis anos, e ela, com quatorze, anunciaram uma viagem. Durante duas semanas, eles estariam no exterior, e os filhos ficariam aos cuidados da empregada de confiança, e, além disso, caso fosse necessário, os tios poderiam ser chamados.

Na primeira noite sozinhos, Nina foi desvirginada por Régis na cama dos pais. Ele foi ao quarto a pretexto de procurar alguma coisa, e ela também. Encontraram-se e se jogaram na cama, tirando as roupas aos beijos e abraços.

Ela já tinha o corpo formado de mulher, embora o rosto fosse de menina. Ele adolescente, desajeitado, o corpo ainda em formação, mas com a virilidade definida. Transaram, e em todas as posições. Paravam para descansar quando ele estava prestes a ejacular e retomavam depois com a mesma intensidade. Sem os pais por perto, eles gritaram e gemeram e, quando a noite começava a amanhecer, gozou nela, como tinha feito anos antes, dessa vez uma ejaculação abundante, que fez Nina urrar de prazer.

Havia entre os irmãos um consenso: o que faziam era errado, e cada um reagiu ao seu modo.

Régis passou a evitar Nina e a reclamar quando ela aparecia. Por qualquer bobagem desferia tapas na garota, berrava com ela e afirmava que era uma pirralha chata e que só atrapalhava a vida dele. Por que ela não andava com pessoas da idade dela?

Nina ficou cada dia mais calada e distante. Passou a andar com grupos alternativos, jovens em busca de identidade, vagando em insatisfeita ilusão por ruas, bares e festas, embalados por bebida e drogas.

Nos anos seguintes, pouco conviveram e não transaram. Nina se transformou e transformou a casa num inferno. Vivia à parte, não respeitava ninguém e descarregava toda a agressividade na mãe.

Quando completou dezoito anos foi morar só. Os conflitos atingiram níveis insuportáveis, e a família concluiu que aquela era a melhor solução. A garota precisava de um espaço dela, onde pudesse desenvolver suas capacidades, amadurecer e encontrar seu caminho no mundo. E os pais precisavam de descanso.

O que não sabiam é que Nina era usuária de cocaína, droga que apresentou ao irmão um ano antes e que ele recusou, no início. Ela abriu o envelope de pó branco e mostrou a ele como se fazia. Ele provou e gostou, mas, por medo, evitou o uso. Além do fato de que, quando Nina se drogava, ficava numa prostração horrível de se ver.

Uma das causas do conflito familiar era a exigência cada vez maior da moça por dinheiro. Nunca era suficiente o que os pais lhe davam. Sem a droga, ficava intratável, destilava raiva e ofendia a mãe, a quem chamava de vaca, sem-cerimônia.

Morando sozinha e sustentada pelos pais, Nina tentou trabalhar para obter dinheiro para a droga. Mas os trabalhos que encontrou não pagavam quase nada e ocupavam muito tempo. Eram trabalhos elementares de balconista, secretária, vendedora de cosméticos, e a garota não permaneceu mais do que uma semana nesses empregos.

Régis ajudava a irmã com parte do dinheiro que os pais lhe davam, mas não podia ajudar muito. Queria terminar a faculdade para só depois trabalhar.

Certa noite, numa discoteca, Nina dançava sozinha no meio da pista, envolvida por uma multidão, quando um rapaz, com cerca de trinta anos, começou a dançar com ela.

Nina aceitou a parceria, e durante meia hora moveram-se rítmica e sensualmente, depois ele se aproximou do rosto dela e propôs ao ouvido que fossem beber alguma coisa.

Eles saíram do burburinho e dirigiram-se ao bar, onde iniciaram uma conversa. Ele pediu um uísque, e ela, uma taça de champanhe. Depois da terceira dose, ele sugeriu irem a um motel.

O rapaz se chamava Rafael e estava encantado com Nina.

Sem pensar, ela disse que o cachê dela era trezentos e imediatamente quis morrer, se enterrar num buraco, de onde ela tirara aquela ideia? Para sua surpresa, ele concordou, tirou o dinheiro do bolso, colocou na mão dela e disse: "Vamos?".

Ela descobriu um modo de ganhar dinheiro para a cocaína. Quando estava necessitada, Rafael providenciava o dinheiro, mas ele estava ficando meio pegajoso. Em pouco tempo, tornou-se uma garota de programa das mais requisitadas. Ela valia cada centavo que cobrava.

Régis ficou revoltado quando descobriu, não podia aceitar que sua irmã fosse uma prostituta, fez ameaças, jurou contar tudo aos pais, ensaiou até uns tapas. Ela segurou o irmão pelos braços, puxou-o contra seu corpo, e os dois se beijaram, envolvidos pela antiga paixão. Régis tentou resistir e sucumbiu: depois de anos, os irmãos reencontraram o seu devastador amor sobre os lençóis da cama de Nina.

A ideia de se apresentar no Virginia's veio de um cliente, que garantiu que lá, sim, ela ia faturar alto.

A exigência pela cocaína aumentava, Nina precisava de cada vez mais e em intervalos menores. Nunca havia dinheiro suficiente para sustentar a dependência. Rafael, de amante provedor, passou a repelido e parecia um mendigo rondando pelos caminhos dela. Agora que tinha Régis novamente, fazer programas estava fora de cogitação.

Porém, ela estava longe de ser vulgar. Não iria se apresentar numa casa noturna como uma prostituta. Não, ela era diferente, vender-se era uma contingência e, se fosse trabalhar numa casa noturna, seria para arrasar.

Criou a ideia do show e foi ao Virginia's, onde foi recebida pelo dono, um gordo com cara de gato, que a escutou e exigiu uma demonstração ali mesmo. Antes ela devia tirar a roupa, para ele avaliar o material.

Nina recusou terminantemente e, quando o gordo ordenou que ela saísse, não se moveu da cadeira. Quando ele chamou os seguranças e mandou que pusessem a vagabunda no olho da rua, ela ameaçou fazer um escândalo, chamar a polícia, incomodar toda a vizinhança e, enquanto não conseguiu um contrato para pelo menos uma apresentação, não arredou pé.

Como quem tem experiência em artes cênicas – e ela não tinha –, produziu e dirigiu o show em todos os detalhes, exigindo a escuridão inicial por vergonha. Não queria, ao entrar no palco, ver o rosto do público.

O que Nina não podia prever é que seu irmão, sua paixão, seu grande e único amor, precisava extermina-la para poder continuar vivendo.

Ele se corroeu. Ia assistir ao show escondido dela e morria de ciúmes ao ver o corpo da irmã exposto aos olhos dos clientes, que, para ele, pareciam vulgares e embriagados.

Mais tarde, corria para o apartamento dela para possuí-la com ferocidade e volúpia. Algumas vezes, quando chegava e encontrava Nina entorpecida pela droga, com olhar ausente e sem reação, ficava furioso, se jogava no chão, batia com a cabeça na parede, dava murros nas mesas e via-se prestes a agredir a irmã, a machucá-la, querendo desfigurar seu rosto lindo, de anjo. Mas ele era incapaz disso, era incapaz de fazer mal, de fazer qualquer coisa que fosse ruim para Nina. Terminava prostrado, esticado na cama, agarrado aos pés da irmã, velando o sono dela até amanhecer.

Os pais descobriram – era inevitável – que Nina se apresentava numa casa noturna. A crise foi fatal. Pegaram a menina à força e a puseram numa clínica para dependentes químicos, de onde saiu quinze dias depois, louca por uma dose.

O impacto na família foi tão grande que o pai sofreu um derrame cerebral devastador, que o transformou em pouco mais do que um vegetal.

A mãe, morta de vergonha, trancou-se em casa, dedicou-se a cuidar do marido e a cultivar a própria amargura, transformando-se numa mulher arredia, feia e triste.

Nina não se importou. Continuou com suas apresentações no Virginia's e sua submissão à cocaína. Régis agonizava em dois mundos, no seu próprio e no de Nina, um zumbi jogado de um lado para o outro, como uma bola de bilhar. Salvo quando Nina estava com ele, lúcida e participativa, no resto do tempo sentia que cada lado da sua vida era pior do que o outro.

Leu o anúncio.

Com o tempo, Nina passou a frequentar o salão do Virginia's após o show, indo para a cama com clientes, que escolhia a dedo. Fazia isso pelo dinheiro extra, para sustentar o vício.

Rafael, apaixonado pela jovem, ocupava a mesma mesa todas as noites, implorando a atenção dela. Aguardava o show olhando mulheres seminuas fazendo poses eróticas, oferecendo nádegas rodopiantes e seios fartos aos olhares masculinos, postos nas carnes expostas.

Eram mulheres lindas, recém-saídas da adolescência, que se expunham e circulavam com impudicícia pelo salão. Garotas de nível elevado, quem as visse em outro ambiente não imaginaria que eram prostitutas. Quase todas faziam aquilo para sustentar dependência de drogas.

Algumas faziam porque gostavam.

Acompanhando homens, conversando animadamente, sugerindo e oferecendo prazeres, elas reinavam soberanas pela casa, satisfeitas com a atenção, a cobiça e os cachês.

Os frequentadores eram das mais variadas idades, bem-vestidos, de classe média, a revelar que o ambiente era selecionado, nada semelhante aos puteiros comuns.

O Virginia's tinha uma proposta diferenciada no baixo mundo: a do luxo na prostituição.

Rafael comparava aquelas mulheres com antigas cortesãs, oferecendo favores aos nobres e aos aristocratas, nos castelos europeus.

O Virginia's era uma casa de prazeres bem-educada, sem espaço para a excessiva vulgaridade. Homens e mulheres celebravam o cortejo sedutor, e mesmo que, por trás das aparências elegantes, imperasse o comércio sexual, a ilusão de sofisticação era a base do sucesso da boate.

Ao final de cada show, Rafael chamava Nina para sua mesa, inutilmente. Na primeira vez, quando pediu ao garçom, Nina veio até ele com a mesma roupa que usara no show. Parecia uma universitária, os grandes olhos azuis, o rosto de querubim emoldurado pelos cachos dourados dos cabelos.

Sentou e, antes que o rapaz pudesse abrir a boca, disse:

– Quinhentos por uma hora no quarto lá de cima. Sim ou não? Não tenho tempo para namoricos. Quero o pagamento adiantado.

Não era o que ele esperava. A juvenil inocência que conhecera não combinava com o linguajar. Ela criava uma ilusão no palco e vinha para o mundo real destruindo ideias românticas e revelando brutalmente a sua verdade.

Onde estava a Nina que conhecera, dançando, e por quem se apaixonara?

Aquela, diante dele, não estava interessada na arte do afeto: em troca do corpo, queria dinheiro; em troca do dinheiro, queria drogas.

Ele não tinha todo o dinheiro no bolso e, em nome da antiga relação, ofereceu um cheque. Nina não respondeu e, em seguida, estava sentada na mesa de outro cliente, com quem minutos depois subiu as escadas que levavam ao andar superior, o andar dos quartos do Virginia's.

Rafael sentiu-se mal.

Bebeu por mais uma hora até ver Nina sumir nos bastidores, dando um abano para o cliente e levando, no bolso apertado das calças *jeans*, os quinhentos que tinha cobrado.

Desolado, Rafael pagou a conta e foi para casa.

Na noite seguinte, levou dinheiro vivo para a boate, sentou na mesa de sempre e, quando Nina voltou para o salão, acenou para ela com as notas na mão.

Subiram para o quarto, Nina tirou as roupas e estendeu-se na cama, sem dizer nenhuma palavra.

– Por que está fazendo isso comigo, Nina? Alguma vez deixei de ajudar você?

– Não quero sua ajuda, Rafael. Chega de conversa, você vai receber pelo que pagou.

– Mas, Nina, você não precisa levar esta vida, eu adoro você, faço qualquer coisa por você, vamos sair daqui, vamos mudar de vida juntos, você e eu...

– Você quer me foder logo? Você pagou para me foder, se não quer, avisa, que eu volto lá para baixo!

Dali em diante, ela permaneceu quieta e não respondeu a nenhuma outra pergunta.

Rafael despiu-se, deitou ao lado dela, e a ação começou. Nina foi profissional, correspondeu às carícias e à relação sexual, que foi rápida devido à ansiedade do rapaz.

Ficaram lado a lado, na cama. Segurou a mão dela e falou dos seus sentimentos, do desejo de construir uma vida em comum com ela, disse, várias vezes, que jamais conhecera uma mulher que despertasse nele tamanho amor, que faria tudo que fosse preciso para que ela abandonasse as drogas, a prostituição e ficasse com ele.

Ela olhava para o teto. Depois levantou e foi ao banheiro. Voltou totalmente vestida e disse:

– Se quiser ficar outra hora, são mais quinhentos.

Foi a vez de ele ir ao banheiro, e, quando voltou, Nina não estava mais lá. Vestiu-se e voltou ao salão.

Nina conversava com outro cliente e dirigiu-se com ele para as escadas. Ela precisava de mais dinheiro.

Cruzou por ele como se nunca o tivesse visto.

Apesar de todas as tentativas, pedidos e súplicas, jamais conseguiu outro encontro com Nina. Ela não transaria mais com ele por dinheiro algum. Rafael não entendia o motivo de tanta repulsa, nem tinha como entender. Sua obsessão aumentou até tornar-se o único pensamento a percorrer-lhe a mente: ter Nina.

Teve um choque quando bateu na porta do apartamento dela, munido da coragem que só o desespero gera. Nina atendeu:

– O que deseja?

– Nina, sou eu!

– Quem é o senhor? O que deseja?

– Nina, pelo amor de Deus, sou eu, Rafael!

– Não o conheço. Diga logo o que deseja ou vá embora!

O espanto que ela demonstrou com a visita foi genuíno; sua ignorância a seu respeito, verdadeira; e, por um momento, Rafael duvidou: seria ele Rafael, seria ela Nina?

– Nina, pare de brincar, sou eu, Rafael, seu amigo, seu amante, você...

Não concluiu a frase, interrompido pela porta que estrondou diante de sua cara.

Arrasado, saiu pela rua, duvidando da própria existência.

Naquela noite voltou ao Virginia's, e Nina passou por ele não dando sinais de reconhecê-lo.

Não havia dúvidas: no universo de Nina, Rafael não existia. E isso só podia significar uma coisa terrível, que o transtornou e destruiu sua vida: para Nina, ele não passava de um consumidor, um qualquer, como o que compra pão na padaria. Recebia dela o mesmo tratamento do balconista, que se esquecia dele no momento em que punha o pé fora do estabelecimento.

Um ninguém!

Estava apaixonado pela jovem que antigamente o recebia aos beijos em seus braços, entre suas pernas, e que agora não existia mais.

O pobre-diabo não tinha como saber que ela nunca existira.

Rafael passou a beber cada vez mais, o que se refletia em seu desleixo pessoal, físico e psíquico.

Passou a viver no plano doentio da fantasia, em que a realidade se esvai. Travava diálogos delirantes com Nina, estabelecia estratégias de conquista e sedução, vingava-se dela namorando outras mulheres, deformando o rosto de homens que a possuíam, ofendendo-a com as piores palavras. Fazia tudo isso imóvel e silenciosamente, noite após noite, numa mesa do Virginia's e, dia após dia na calçada, diante do Virginia's.

Ele não via a Nina que representava, no palco, que subia com clientes para os quartos no andar de cima, que circulava rapidamente pelo salão e que, com o dinheiro que precisava nas mãos, ia embora.

Rafael criara uma Nina só dele, em nome de quem se comprazia em sofrer e definhar, como se vivesse num paraíso que não cabe no céu.

Quando o corpo de Nina foi encontrado na calçada próxima à saída de serviço do Virginia's, ele se tornou o primeiro suspeito e foi preso.

As mulheres da boate acompanhavam a apaixonada decadência e sentiam pena e simpatia.

Rafael não foi o primeiro nem o último a se arruinar por causa de uma mulher. O jovem, que era seguro e elegante, se transformara num trôpego embriagado, balbuciando juras de amor e promessas inconsistentes.

Algumas mulheres o ajudavam com dinheiro, de vez em quando o levavam para tomar banho e comer, era o tipo de solidariedade praticada pelos desvalidos e tida como piegas pelas classes altas da sociedade.

Putas costumam ser sensíveis e solidárias, coisa que Nina não era. Elas achavam lindo e romântico o amor de Rafael e não perdoaram Nina por sua indiferença, que confundiam com crueldade.

A polícia, em poucos minutos de interrogatório, percebeu que Rafael não tinha a menor condição de ser o assassino.

Posto em liberdade, perdeu-se nas ruas, na sarjeta e nos becos, até morrer, de hipotermia, numa noite de inverno.

LXIX. O CRIME DO PADRE TEÓFILO

Quase caiu da cadeira quando viu na TV um padre idêntico ao disfarce dele, algemado e acusado de ter assassinado Nina.

O padre tinha a mesma cabeleira grisalha, o ar bonachão, as bochechas vermelhas e o estômago saliente e, incrivelmente, mancava de uma perna.

Aquela prisão o preocupou, será que deixaria um inocente ser condenado por um crime que não cometera? Respondeu, sem hesitar, que sim, deixaria. A outra alternativa seria ele mesmo confessar, o que o levaria para a prisão. E para lá não iria de jeito nenhum. Despreocupou-se: nenhum imperativo ético o afligia – se o padre fosse condenado, que cumprisse a pena.

Restava esperar o desenrolar dos acontecimentos. O padre era pároco de uma igreja pequena e fora visto por dezenas de pessoas no Virginia's, na noite do crime. Outras dezenas de pessoas também o viram sair logo após o show, depois de pedir ao garçom para falar com Nina. O porteiro e os dois seguranças confirmaram que ele tinha ido lá para assistir Nina e conversar com ela, porque provocava pensamentos pecaminosos em seus paroquianos.

Não havia testemunha ocular do crime, mas os dois motoristas de táxi depuseram na polícia. O que o levou disse que tinha achado o padre com jeito de tarado, daqueles padres que molestam crianças. E o outro confirmou que conduziu um padre na hora do crime, que parecia tenso. Ele até tinha pensado no que um padre estaria fazendo na rua, naquela hora da noite. Ambos forneceram a mesma descrição.

O padre tinha embarcado e desembarcado na mesma região da cidade, e os policiais concluíram que, dali, ele tinha ido de ônibus para a igreja, o que não conseguiram confirmar.

A governanta da igreja nada sabia. Adormeceu no horário de sempre e desconhecia que o padre saísse à noite, pois jantava cedo, fazia suas orações e ia para a cama.

A imprensa, vibrando com o escândalo, investigou a fundo a vida do padre. Nada achou contra ele, ao contrário: revelara sua vocação desde criança, entrara cedo para o seminário e dedicara sua vida ao sacerdócio. A seu favor, também contavam: 1) a ausência de motivos, 2) a inexistência de contatos anteriores entre ele e Nina, 3) a arma do crime não foi achada, nenhuma faca faltava na cozinha da igreja.

Depois dos longos meses do processo, em que a Cúria não poupou esforços na defesa do padre, foi marcado o Júri para o julgamento do religioso, que fora profeticamente batizado pelos pais com o nome Teófilo.

Ele queria assistir ao Júri, que começava às quatorze horas. Naquela manhã, por volta do meio-dia, quando a Alemoa saiu para almoçar, ele deixou um bilhete dizendo que não voltaria à tarde, ia visitar um possível novo cliente. Ela que cuidasse de tudo e às dezoito horas poderia fechar o escritório.

Depois rasgou o bilhete e escreveu outro omitindo a parte final. Há cerca de vinte anos a Alemoa saía às dezoito horas e fechava o escritório.

Foi ao apartamento secreto, onde optou por se disfarçar dele mesmo, exagerando um pouco em detalhes mais visíveis, como rugas, formato de nariz, dentadura e um terno dois números maior.

Chegou ao foro atrasado, o Júri já havia começado e foi impossível entrar. O recinto estava lotado.

O juiz proibira a transmissão direta do julgamento, dizendo que os temas do processo envolviam questões morais graves, prejudiciais às crianças.

Era um magistrado antigo, carola, hipócrita e cínico. Por ele o julgamento seria a portas fechadas, para preservar a moral e os bons costumes, ameaçados pela circunstância de o réu ser um padre da Igreja Católica, acusado de matar uma prostituta.

Sem poder ver nem ouvir nada do que se passava, atravessou a rua e conseguiu lugar na mesa de rua de um bar, onde pediu um cafezinho.

Estava com a tarde liberada e resolveu esperar por ali, na esperança de saber alguma coisa.

Ele não ligava para a sorte do padre Teófilo. Não faltariam religiosos profissionais e de ocasião a fornecer-lhe matéria-prima para o seu prazer.

Se não fossem eles, nenhuma paixão seria proibida.

– Talvez você, meu bem, não estivesse aqui. As pessoas são ávidas de emoções para tornar a vida interessante. Jogam-se de paraquedas, escalam montanhas, bebem até cair, lutam por dinheiro, acumulam amantes, pintam quadros, fazem crochê, tocam violino, tiram fotografias, fazem qualquer coisa pelo prazer e para compensar a chatice. Cada um, cada um, mas somos todos tão iguais, tão previsíveis, que pouca coisa distingue o comportamento de um milhão de pessoas de apenas duas. Ou uma. Não, meu bem, isso não é um consolo, não é uma explicação, não é nada, absolutamente não é nada. Mas é assim.

Quatro horas da tarde e alguns cafezinhos depois, desistiu. A multidão aumentava sem parar. O que as pessoas estavam esperando? Um lugar, um acesso? Era óbvio que não conseguiriam, porém ninguém arredava o pé.

Voltou ao apartamento, desfez o disfarce, ligou para a Alemoa para saber se estava tudo bem e foi para casa, onde ligou a televisão.

O juiz, após muita pressão da imprensa, permitiu pequenos *flashes* do Júri, e as redes organizaram mesas-redondas com equipes de convidados, especialistas que, à medida que o julgamento prosseguia, e as informações chegavam, emitiam abalizadas opiniões, discutindo questões jurídicas de alta indagação e relevância, prognosticando absolvição e condenação com idêntico rigor técnico para cada previsão.

Jantou, e a ladainha continuava, alguns sacerdotes proeminentes, bispos e outros crentes engrossavam o batalhão de consultores trazidos para a frente das câmeras, na cobertura especialíssima que era feita do estrondoso caso. A multidão, do lado de fora, lotaria um estádio de futebol, a massa humana, acinzentada pela noite, formava um gigantesco ser cuja razão de existir era ocupar espaço.

Cada um daqueles que lá estava usufruía uma novidade em suas rotinas. Teriam conversas posteriores, ficariam orgulhosos pela noite que passaram em claro e em pé. Alguns oravam pelo padre Teófilo, outros queriam a cabeça dele.

Eram pessoas, apenas, que deixavam de lado os afazeres com a justificativa de vivenciar um fato superior.

Clamar por justiça tem sido, ao longo da história, um dos esporte prediletos das turbas.

O julgamento prosseguiu noite adentro. Com sono, foi dormir.

Na manhã seguinte, antes de sair, o julgamento ainda não terminara, os jurados estavam reunidos há uma hora, e a decisão era esperada para qualquer momento.

O padre Teófilo foi absolvido por unanimidade. Os jurados negaram a autoria do crime. Os esforços histriônicos do promotor público, na tentativa de obter uma condenação, seus gritos e seus clamores em nome da honra e da dignidade sacerdotal abaladas pelo acusado esbarraram no depoimento de três testemunhas da defesa, os dois seguranças e o garçom, os únicos que viram o padre de perto no Virginia's. Afirmaram categoricamente, perante o juiz e os jurados que, apesar de muito parecido, muito mesmo, não fora o padre Teófilo quem estivera na boate na noite do crime.

A multidão ovacionou a decisão. A Igreja e a religião ficaram fortalecidas, e o padre Teófilo, evitando o tumulto, saiu discretamente pela porta lateral. Naquela noite, em total contrição, orou com fervor e fortaleceu seus desígnios de fé incondicional, penitenciando-se com dureza por ter quase blasfemado quando, na prisão, seus pensamentos questionaram os caminhos de Deus.

O público, esvaziado de emoções, seguiu seu rumo, cada um tendo pela frente um dia sonolento, de volta à implacável rotina.

Mesmo com a absolvição, a reputação do padre Teófilo ficou manchada. Na rede universal de boatos, o religioso teria sido pedófilo, usuário de drogas, herege, entre outras coisas.

A multidão, que aplaudiu a absolvição, manteve a pulga atrás da orelha, porque coincidência demais se explica, mas não convence.

Com o ocorrido, aprendeu a evitar disfarces representativos, como de religiosos, militares e outros uniformes.

Perucas e barbas de cores neutras, bigodes normais, roupas simples, óculos, maquiagem benfeita, narizes, orelhas e dentaduras postiços ocultavam-lhe a identidade e não criavam confusão.

Com a absolvição do padre Teófilo, a morte de Nina entrou para o rol dos casos insolúveis. Da data da morte até o julgamento, passou tanto tempo, e tantos outros crimes foram cometidos, que a polícia, convencida de que o padre era culpado, não cogitara outro rumo para a investigação.

Ele estava nervoso e irritado. Era muito tempo entre uma missão e outra. Talvez tenha exagerado na cautela, mas preferiu não arriscar. Colocar nas mãos da polícia um novo caso insolúvel, justamente em cima daquele que tinha causado tanta repercussão, fez soar um sinal de alerta em seu cérebro, ordenando calma e paciência. Ele que seguisse com a vidinha de sempre até baixar a poeira.

LXX. A VISITA

Certa noite a campainha do apartamento tocou. Era raro acontecer, e pouca gente tinha seu endereço. Poderia ser o síndico do edifício querendo comunicar alguma coisa. Despreocupado, abriu a porta e quase caiu sentado: Taiane estava parada diante da porta.

Há tanto tempo não via a ex-mulher e os filhos que quase tinha esquecido a existência deles. O que ela estava fazendo ali? O que queria? Que tipo de problema ela vinha trazer?

– O que você quer, Taiane? – perguntou com raiva.

– Ver você. Me deu vontade, senti tua falta. Posso entrar? – respondeu docemente.

Olhou para ela de alto a baixo e gostou do que viu. Ela continuava bonita, deliciosa como sempre.

Sem responder nem se mover, considerou a ideia de deixá-la entrar, queria saber das crianças, passar a mão entre suas coxas... imaginando o que viria a seguir, ficou francamente excitado.

Com esforço, resistiu à tentação e ao sorriso malicioso de Taiane. Caso cedesse, perderia, num instante, o que conquistara naqueles anos todos. Em pouco tempo estaria de volta, enquadrado na vida dela e dos filhos, às voltas com a rotina dos problemas domésticos. Não, não, ele não ia voltar para o que abominava.

Bateu a porta na cara dela e voltou para a frente da televisão. Com um pouco mais de paciência, um pouco mais de prudência, sentiria novamente o grande prazer, o único que interessava.

Não pensou mais em Taiane.

LXXI. DUAS INICIATIVAS

Cooper tinha uma hora para gastar, até voltar ao El Camiño para falar com Frank.

Enquanto isso, na Homicídios, o capitão Scott explicava ao chefe de polícia, por telefone, que, de forma indireta, pusera um detetive particular no caso.

– É o filho de um amigo, chefe, Burt Cooper. Na verdade, é um grande amigo, a quem devo minha vida. Foi meu capitão na Normandia e, graças à coragem dele, não morri naquela praia infernal.

Ouviu a voz do outro lado e respondeu:

– É claro que não. Não, não, não se preocupe, é um rapaz sério, não sabe que a indicação foi minha, fique tranquilo, chefe, o rapaz pode descobrir muita coisa agindo na informalidade.

Ouviu mais um pouco e disse:

– Com toda a certeza. Sim, é o meu que vai sangrar, mas espero que não seja preciso, porque, se for, o de outros sangrarão também. Até logo.

Bateu o telefone com força, murmurou um palavrão e deu um berro:

– Peck, na minha sala, já!

Às onze horas em ponto, Burt estacionou o Buick verde e caminhou em direção à porta do El Camiño. Dessa vez o porteiro negro bloqueou a passagem, colocando a mão descomunal no peito do jovem. Burt cogitou usar a técnica da virilha, mas o porteiro disse:

– O chefe quer falar com você.

– Sem problema, rapaz, leve-me até ele.

Imediatamente Cooper arrependeu-se. Odiava quando chamavam algum negro de "rapaz" e tinha acabado de fazer aquilo. Seguiu o porteiro, cujas costas cobriam totalmente o horizonte, enquanto pensava que Frank tinha dado com a língua nos dentes.

Subiram a escada estreita, e o porteiro abriu a porta de um escritório grande, onde, no sofá, duas mulheres de longas unhas pintadas de vermelho, trajando vestidos curtos e brilhantes, riam aos cochichos. Em cada lado da porta, com os braços cruzados, dois enormes havaianos deixavam claro quem é que mandava.

Sentado atrás de uma grande escrivaninha, trajando um terno listrado de grandes lapelas e gravata colorida, estava Luiz Aragon, o chefe, o proprietário. Era magérrimo, o rosto com marcas de varíola e um olhar marrom, de cobra. Usava o cabelo empastado de brilhantina, puxado para trás:

– Boa noite, *señor* Cooper, obrigado por atender ao meu convite.

O detetive estava acostumado com a falsa delicadeza de pequenos gângsteres que subiram na vida.

– Ok, Aragon, o que estou fazendo aqui?

– Quanta impaciência, *señor* Cooper. Sente-se, por favor. Aceita um drinque? *Scotch*, vodca...

Aragon fez um gesto com os dedos finos e longos, com unhas tratadas, e as duas garotas retiraram-se. "Até mais tarde, *chico*", disse uma delas.

Cooper permaneceu em pé, e os dois havaianos, atendendo ao sinal de Aragon, vieram em sua direção, ergueram o rapaz do solo pelos sovacos e o jogaram sobre a poltrona diante do chefe, que mantinha o sorriso gelado.

Com afetação, Aragon cruzou os dedos sob o queixo e falou, com voz mansa e sotaque arrastado:

– Sabia, *señor* Cooper, que pago muito bem aos que trabalham para mim? E que fico muito brabo quando querem comprar qualquer um dos meus rapazes? E que quando fico brabo, meu braço fica *ardiente*, inquieto, e isso só passa quando risco a cara do abusado?

– Chega de encenação, Aragon. Você só risca a cara de vagabundas e infelizes indefesas quando elas não faturam o suficiente. Guarde seu canivete, e vamos conversar. Conheço bem a sua laia, não acredite que seus rapazes me metam medo. Vamos logo ao assunto, o que aconteceu com Lauren Lee?

Luiz Aragon recostou-se em sua ampla poltrona, abrindo mais o sorriso e saboreando o momento. Burt percebeu os dois homens vindo em sua direção, um de cada lado. Esperou que se aproximassem e, quando estavam ao seu alcance, apertou com toda a força os testículos de cada um. O efeito foi fulminante. Os gigantes amoleceram e caíram de joelhos, com as mãos sobre a virilha, buscando sofregamente o ar. Burt ergueu-se, pegou um pesado cinzeiro de cristal da mesa e desferiu dois golpes na cabeça de cada um. Os havaianos desabaram. Sangue escorria pelos rostos.

Com o cinzeiro na mão, olhou para Aragon, que perdera o sorriso, e disse:

– Agora vamos conversar, gigolô! Ou prefere que eu arrebente a sua cara nojenta e suje ainda mais o seu tapete?

LXXII. NOVOS PRAZERES

"ATORMENTADO PELA PAIXÃO? ACABE COM ELA. CARTAS PARA UNHAS: CAIXA POSTAL NÚMERO..."

Teve de publicar o anúncio três vezes até receber uma carta que perguntava qual era o preço, pedindo resposta para um número de celular. Esperou mais uns dias para ver se chegavam outras cartas e, como nada aconteceu, resolveu ligar.

– Era um homem apaixonado pela sogra. E o que ele queria? Queria eliminar a esposa e ficar com a sogra, exatamente o oposto do que eu propunha fazer. Se ele quisesse eliminar a sogra, eu não hesitaria em aceitar o caso. Mas, se eu concordasse em eliminar a esposa, estaria agindo como um criminoso comum, um assassino, um matador de aluguel, e não mais como um exclusivo exterminador de paixões proibidas. Entretanto, aceitei. Era uma experiência que ainda não vivenciara e talvez ela me proporcionasse as mesmas emoções, o mesmo prazer pelo qual, naquele momento, eu ansiava. Você não pode ter ideia de como é chata a vida de um contador, portanto não me censure, não me diga que abri mão de minha dignidade. Não acredito nisso, você já sabe bem. Exterminar paixões tem um sentido ético, um diferencial romântico. Eliminar pessoas não, ou talvez tenha, sei lá, estou falando só por falar, esses assuntos nada significam para mim. Ética e bobagens como essa não interferem no meu prazer e, quanto mais prazer, melhor. A regra é não ter mulheres como clientes. Quanto ao resto, tudo muda e tudo é possível. Quando recebi o material dele, entendi o motivo da paixão: a sogra era belíssima, e o que ela tinha de linda, a filha tinha de feia. Durante o planejamento, vendo a esposa dele andar para lá e para cá em seu carrinho, pelas ruas da cidade, fazendo entregas de doces caseiros em residências e apartamentos dos bairros chiques, eu via uma pessoinha insignificante, na casa dos vinte e poucos anos, com uma expressão de mormaço permanente, pálpebras caídas, ombros estreitos e curvados, pernas finas que terminavam em pés grandes, quase sem seios, rosto amarelado, cabelos curtos, de um loiro desbotado – sinceramente, acho que ele só casou com ela por causa da mãe. Eu seria cuidadoso, mais do que o habitual, porque as suspeitas poderiam recair sobre o marido, o meu cliente. Optei pelo sequestro relâmpago seguido de morte e eu devia criar o disfarce de alguém que fosse preso e condenado pela morte dela: forjar o assassino. Examinei fotos de criminosos, publicadas nas páginas policiais. Caminhei pelo centro da cidade, observando tipos mal-encarados, os larápios, ladrões de bolsas de velhotas, assaltantes de rua, com armas encostadas nas vítimas. Quanta coisa se vê quando se presta atenção! Aos poucos moldei o personagem-padrão, o típico assaltante, figura que existe às centenas nas ruas e nos presídios. Um indivíduo que a polícia prende e acusa de qualquer crime porque, se ele não cometeu aquele, praticou outros semelhantes. Foi disfarçado desse jeito que ataquei a feiosa, num fim de tarde, quando ela abria a porta para sair de seu carro. Apertei um revólver de brinquedo na barriga dela e ordenei que passasse para o banco do passageiro. Ela implorou para não ser machucada. Eu tinha escolhido o local fazendo uma encomenda telefônica de doces, que deveriam ser entregues, pontualmente, naquele horário. Quando cheguei ao local da execução, fiz a mulher descer do carro e dei-lhe um murro na cara, não muito forte, apenas para tontear. Ela caiu inerte: era tão feia, a coitada, que eu não conseguia me excitar e me masturbei um pouco. Virei-a de costas para mim, arranquei as calcinhas com força, deixando marcas nas pernas finas, apertei a cara dela contra o chão e enfiei-me, numa única estocada. Forcei sem piedade, e ela gemia de dor. Nem pensei em ejacular e, quando saí, fiquei com nojo da mistura de sangue e fezes. Depois bati com a coronha do revólver diversas vezes na cabeça dela. Confirmei que estava morta, esvaziei a bolsa, peguei dinheiro, cartões de crédito, algumas moedas, um molho de chaves e larguei a bolsa ao lado do corpo. Saí do mato e dirigi por três quilômetros, até bater contra a árvore que eu tinha selecionado. Abandonei o carro com a frente destruída e andei quinhentos metros. Cheguei à rua com calçamento de pedra, por onde caminhei três quadras e aguardei, na parada, a chegada do ônibus de linha que me levou de volta para o centro. Deixei, dentro do carro, o revólver com a coronha suja de sangue e o molho de chaves. As luvas de borracha eu tinha guardado no interior das cuecas, comprimidas pelas calças *jeans* surradas que estava usando. Duas pessoas que passavam, no momento do sequestro, disseram à polícia que viram um mulato de tênis, *jeans* e camiseta branca entrar no carro com a mulher. Pensaram que era um casal. O endereço que eu dera para a entrega dos doces, anotado na agenda na casa dela, era o de uma clínica veterinária que, na hora que marquei, já estava fechada. O caso foi facilmente resolvido. A polícia prendeu um de seus marginais catalogados que correspondia à descrição feita pelas testemunhas. Uma única questão ficou sem solução, mas ninguém se preocupou muito com ela: na clínica veterinária não haviam encomendado doces. Os investigadores concluíram que ela anotara o nome da rua errada e fora parar no lugar errado, na hora errada. Uma fatalidade. Fantástico foi sentir a mesma emoção e prazer: abriam-se as portas para o futuro. Quando você pensa que chegou ao limite e descobre que ainda tem muito pela frente, conceitos se modificam, e a ética muda de lado, ela varia conforme o lado que você está. Depois de conhecer a natureza humana, eu sei que a verdade sobre caráter, personalidade e temperamento varia: é o prazer que faz a honra. Eu podia ser também um matador comum e passei a aceitar todo tipo de caso. Ainda prefiro exterminar as paixões proibidas, mas o mercado maior é o de motivos financeiros: maridos pobres de mulheres ricas, ganância entre sócios, disputas por heranças, seguros de vida, terras e propriedades, alguns, poucos, são de vingança, traição e lutas pelo poder. Motivos não faltam para que uma pessoa precise da morte de alguém. Tenho orgulho de meu índice de cem por cento de aproveitamento. Orgulho profissional: nenhum dos meus clientes jamais foi condenado pelo crime que contratou. Claro que houve suspeitas, inclusive fortes, porque a polícia acaba encontrando um motivo poderoso, e em geral verdadeiro, para incriminar o suspeito. Houve um caso em que corri sério risco de ser descoberto e que me obrigou a mudar completamente o anúncio classificado por um bom tempo.

LXXIII. O MEDO BATE À PORTA

O VICE-PRESIDENTE DE UMA EMPRESA MULTINACIONAL DE PRODUTOS em conserva era amante da mulher do presidente, dona das ações da companhia, que foram herdadas quando o pai morreu.

Contratou a eliminação do único obstáculo entre a presidência e a amante: o marido.

Quando começaram as investigações, a polícia encontrou, na gaveta da mesa de trabalho do cliente, a página dos classificados, com o anúncio marcado à caneta.

Sob pesado e intenso interrogatório, o homem negou ter lido o anúncio e negou ter posto aquela página na gaveta. Rapidamente, descobriu-se que ele era amante da esposa da vítima, todos os motivos apontavam para ele, que em seu favor tinha um único fato: estava inquestionavelmente no exterior há dez dias, participando de uma convenção internacional. Na data do crime, ele fazia uma palestra sobre novas técnicas de conservas.

A polícia deduziu que ele contratara alguém para executar o crime e, do dia para a noite, começou uma caçada implacável a "Unhas", o anunciante!

Vasculharam as caixas postais em busca dos locadores e dos respectivos conteúdos.

Passaram um pente fino nas edições do jornal dos últimos anos e tentaram estabelecer uma relação entre o anúncio publicado e algum crime cometido na mesma época.

O seu jeito de ser, todo certinho, salvou sua pele.

Jamais realiza a tarefa antes de, no mínimo, três meses após a publicação de um anúncio.

A polícia descobriu que "Unhas" alugou e desocupou centenas de caixas postais ao longo dos anos, várias ao mesmo tempo. Nas pesquisas com as operadoras de telefonia, não encontrou relação entre anúncios e ligações e, frustrada, concluiu que "Unhas" podia ser um apelido para várias coisas: um código usado por amantes, os números das caixas postais indicando dia e hora. Ou uma sociedade religiosa ou de culto ao demônio, talvez um time de jogadores de boliche, uma rede de manicures e, inclusive, o codinome de um perigoso assassino profissional que, cedo ou tarde, seria descoberto.

Apesar de todos os motivos que apontavam para o cliente, a única evidência que a polícia tinha era a página de classificados com um anúncio rabiscado. Nem podiam provar que aquele anúncio tinha sido lido.

Era pouco para processá-lo.

Quando, mais de um ano depois, a mídia internacional e as revistas especializadas em negócios noticiaram que ele assumira a presidência da empresa, após casar em grande estilo com a viúva da vítima, numa festa íntima a bordo do iate da família, nos arquipélagos da Polinésia, houve quem tentasse reabrir o caso; alguns jornalistas fizeram insinuações, a polícia ensaiou um ou outro movimento, mas nada de fato aconteceu.

Havia muito dinheiro circulando, e a honra estava feita.

LXXIV. SUORES FRIOS

– Tenho de admitir que suei frio. Suei bastante, para dizer a verdade. O pavor de ser descoberto e preso quase me levou à loucura, andei bebendo um pouco a mais e até cogitei em voltar para minha mulher e filhos, retomar a vidinha e abandonar o prazer. Noites e dias a fio, eu vasculhava na memória, tentando encontrar uma falha, um elo que relacionasse "Unhas" a mim. Duas coisas me salvaram de cometer um desatino. A primeira foi o passar do tempo e a certeza de que não havia como a polícia saber da minha existência. E a segunda foi a lembrança do romance policial, sobre o homem obcecado pelo crime perfeito que, no final, confessava. Ao contrário dele, eu não preciso me exibir, não volto ao local do crime e não confesso. Aquele personagem e eu nada tínhamos em comum. Aos poucos, parei de me torturar, e o medo desapareceu. Consegui até mesmo me divertir com as tentativas da polícia, as declarações sem sentido, os rumos absurdos e as conclusões fora de propósito que eu acompanhava pelos jornais. Mudei do desespero para uma maravilhosa exaltação, a ponto de desejar que a polícia avançasse, que não desistisse da busca, que a investigação demorasse mais, tudo em prol da minha sensação de poder. Recuperado o equilíbrio, avaliei serenamente o que havia acontecido, quão perto eu estivera de ser descoberto e estabeleci novos modos de ação para não passar por outro dissabor. "Unhas" estava temporariamente morto, e meu anúncio no jornal também. Era tempo de inovar. Recorda quando falei que as artes servem apenas para alienar, para tirar alguém da realidade chata, na qual, sem pedido nem escolha, você se vê enfiado ao longo da vida? Pode acreditar em mim, meu anjo. Você para diante da *Mona Lisa*, por exemplo, e fica contemplando o quadro, o sorriso, o rosto de uma mulher e nada mais. Você pode achar bonito, as cores lhe agradam, o desenho é perfeito, parece uma fotografia.

Depois de um tempo, você enjoa de ficar olhando. Você cansa, já viu tudo o que tinha para ver, e sai orgulhosamente do Museu do Louvre sabendo que, um dia, seus filhos e seus netos saberão que você viu a *Mona Lisa* autêntica! Na saída compra um pôster. Quem lhe garante que o quadro diante do qual você ficou parada é o original? Se você não soubesse, por ter lido num guia turístico qualquer, que *não se pode* ir a Paris sem ver a *Mona Lisa* original, você iria até lá? Não lhe basta ter visto dezenas de vezes o quadro em reproduções, revistas de arte e até em propagandas de batom? Porém, incutem nas pessoas que um dos objetivos inarredáveis da vida é ver a tela legítima, e sabe por quê? Porque os que faturam dinheiro com o trabalho de Leonardo da Vinci possuem um excelente serviço de marketing, afinal, eles precisavam ganhar a vida como qualquer um. Ele tinha a habilidade de gênio e aproveitou o mercado de seu tempo, valorizado pela necessidade de emoção dos nobres e dos aristocratas da época, inflados pelo tédio que o ócio permanente provoca, mesmo nos mais preguiçosos. Um quadro fica, ocupa lugar, tem a permanência que vinte bolas de borracha e doze pinos de boliche manejados genialmente pelas mãos de um acrobata não têm. Qual a diferença entre um gênio criativo e um gênio habilidoso? Apenas palavras diferentes usadas para um e para outro. Teses, meu bem, teses. A arte é feita de teses, que são construídas sobre outras teses, umas a provar a falsidade ou a veracidade das outras. São tantas as teses, que dotes manuais ou mentais, como pintar um quadro ou afirmar que tudo é relativo, assumem o significado da vida, o sentido da existência, explicam divindade, justificam a existência de Deus. Bobagem. Isso tudo não passa de mais um modo de ficar famoso e ganhar dinheiro, um jeito de dar um jeito, ter força e poder na vã esperança de sublimar a selvageria furiosa que se chama universo. Você não faz ideia das propostas que recebi, aceitei ou recusei, para execuções. O cara apaixonado por uma lésbica, o sujeito que se deixava sodomizar pelo cachorro, um outro que queria ser literalmente devorado pelo melhor amigo, dezenas, centenas de aberrações, perversões, um universo como o universo, reino da violência constante e implacável. São mesmo aberrações e perversões? O que significam essas palavras no fim das contas e dos tempos? O que não é aberração ou perversão na natureza? Apenas palavras, meu bem, aplicadas à vida para parecer que há ordem, assim como parece que há ordem no universo, porque matéria atrai matéria na razão do caralho a quatro, desculpe o palavrão. Por trás de tudo isso, por trás da aparência de civilização, está a divindade, Deus. É Ele quem diz o que é certo e errado? É. Quem nos informa o que Deus diz é o curandeiro? É. O pajé? É. O profeta? É. O milagreiro? É. O sacerdote? É. Quem garante que o que o curandeiro, o pajé, o sacerdote, o profeta e o milagreiro dizem é a palavra de Deus? Os asseclas, os acólitos, os seguidores, os medrosos, os inúteis, os crentes. Pense um pouco, meu bem. Use a imaginação, lembre as histórias que você ouviu, os filmes a que você assistiu. O chefe da tribo, o rei, o líder, o imperador, o comandante, o dono da riqueza, o dono do poder, o iluminado condutor de povos, o grande general. São eles que submetem as nações pela força bruta e pelo medo do poder místico. São auxiliados pelo gerente de seção, pelo coordenador da área, pelo supervisor do módulo, pelo tesoureiro, pelos ministros, pelos chefes de gabinetes, pelos que estão no lado rico da ética, encarregados de espalhar a esperança de dias melhores para os que estão no lado pobre, se Deus quiser. Passa o tempo, mudam as gerações, as divindades, e seus profetas trocam de nome, Jeová e Alá, Buda e Maomé, Moisés e Cristo, Xangô, Júpiter, Amon, Osíris, Odin... Deus... Livros sagrados são escritos e percorrem o mundo, de mão em mão e nas gavetas dos hotéis. Para você, para mim e para todos os outros que viveram e morreram antes de nós resta o consolo final, a grande promessa redentora de tudo e para todos, do lado rico e do lado pobre da ética. O Armagedon, a grande batalha da qual o bem sairá vencedor, destruindo o mal e seus cavaleiros, e assim você crê que será recompensado pelo que sofreu, perdeu, chorou, que é só ter paciência, meu filho, é só ter calma, minha senhora, reze bastante, ore, implore, louve, doe, dê, e, quando não tiver mais nada, dê ainda assim mais um pouquinho, porque esse pouquinho, por mais pouquinho que seja, vai fazer bem àquele para quem você dá.

Não, por favor, não me olhe com este ar assustado, não se encolha tanto, isso tudo é apenas para mostrar que você não vai perder grande coisa, que estou salvando você da falsidade e do sofrimento. Fique calma, minha querida. Prometo que não vai doer.

LXXV. ZERO

Luiz Aragon esboçou um movimento, mas se conteve. Estava indefeso diante de Burt Cooper e não queria levar uma surra.

– Certo, Cooper, a vadia trabalhou para mim, não sei quem a matou, não sei nada da vida dela. Apareceu por aqui pedindo emprego e, como era gostosa, contratei.

– E o noivo dela?

– Quem?

– O noivo dela! Não banque o engraçadinho comigo!

– Não sei de noivo nenhum. Não faço a menor ideia do que aconteceu com a vadia. Ela não veio mais trabalhar e, dias depois, soube do crime pelos policiais que vieram me interrogar.

Cooper percebeu que um dos havaianos se mexia.

– Por que me trouxe aqui?

– Já te disse, não gosto que assediem meus rapazes.

Às duas da madrugada, Cooper deitou ao lado de Renée, com cuidado para não acordar a moça.

A noite fora um fracasso. Joe sumira, provavelmente atirado em algum beco imundo, entorpecido pela heroína. Estava convencido de que o pessoal do El Camiño, especialmente Luiz Aragon, nada sabia sobre o caso.

Seu último pensamento antes de adormecer foi que continuava na estaca zero da investigação.

LXXVI. OUTRO ZERO

"NÃO PERCA TEMPO, ENCONTRE A PAZ. CARTAS PARA CAIXA POSTAL NÚMERO..." não funcionou. Recebeu cartas perguntando o endereço da igreja, os horários do culto, o custo da inscrição. Houve até quem quisesse comprar um túmulo no cemitério.

Ele estava ansioso, mas não podia colocar um anúncio muito explícito: e se a polícia ainda estivesse monitorando os classificados? Todo cuidado era pouco.

Cogitou anunciar pela internet e desistiu.

O sistema de caixas postais tinha provado ser o mais seguro, garantia o anonimato total, desde que aguardasse um tempo considerável para agir depois da publicação.

LXXVII. O BEM E O MAL

– Acredite em mim quando digo que, entre todas as invenções humanas, a ética é, de longe, a mais hipócrita e cínica. As pessoas gostam de justificar o que acontece invocando os fatos da história. Eu não. A história, algumas vezes, é um bom exemplo, nada mais do que isso. A ética é como uma moeda: numa face, o lado rico; na outra, o pobre. O bem do lado rico nem sempre é o bem do lado pobre. Experimente mudar de lado, especialmente se você estiver no lado rico, porque, nem preciso dizer, é muito mais fácil empobrecer do que enriquecer. Quando você perder seus privilégios, será a primeira a investir contra os que os desfrutam, que lutarão radicalmente para não perdê-los. Se você nunca teve privilégios e passou a vida esbravejando contra eles, vá para o lado rico e, sem nenhuma vergonha na cara, passará a defendê-los. Seja contra a pena de morte para o assassino do filho alheio. Exija a pena de morte para o assassino do seu filho. Lute contra a injustiça social quando for um injustiçado. Apenas *fale* contra a injustiça social quando for um privilegiado. Proíba sua tribo de comer certos alimentos, mas venda-os para a tribo vizinha. A ética, meu bem, é outra palavra *daquelas*, uma cilada instituída à sombra da divindade e perpetuada por sacerdotes. Teoria posta em prática para que a tribo acredite no Líder, que só ele pode mandar e saber o que é melhor para a vida alheia, aquele que sabe o que é certo e errado, amparado pelo pajé, o tradutor da palavra divina. Certo e errado são ideias que mudam conforme a ocasião: o errado de hoje será o certo de amanhã. E assim tem sido desde o começo dos tempos.

LXXVIII. RIQUEZA NÃO PÕE MESA

Ele estava rico, abarrotado de dinheiro guardado em cofres de banco, que nunca usava. Nem sabia o que fazer com ele. Vivia com os ganhos do escritório de contabilidade, modesta e simplesmente, sem ostentação, luxos, viagens, carros novos e outras extravagâncias.

Demonstrar riqueza é implorar que prestem atenção em você.

Além dos confortos básicos, não tinha aspirações maiores nem ambicionava fama e evidência social. Era uma pessoa simples que descobriu o verdadeiro significado da vida: desfrutar o prazer total, sem culpa.

Cobrava honorários elevados para dar o toque profissional. Os clientes não levariam a sério a proposta, caso não mostrasse o interesse monetário.

O que eles não sabem é que ele faria tudo de graça, com o mesmo empenho, apenas pelo prazer.

LXXIX. EFEITO BUMERANGUE

"DESTRUA O PROBLEMA. CARTAS PARA CAIXA POSTAL NÚMERO..."

O anúncio foi inspirado em um conto policial em que o criminoso colocava a arma usada bem à vista, no local do crime.

Era tão evidente que ninguém se dava conta, pois um criminoso não seria imbecil a ponto de deixar a arma do crime exposta. Os detetives viravam a cidade de cabeça para baixo à procura de um estilete, idêntico ao que estava placidamente colocado numa bandeja de prata, sobre o piano de cauda.

Calculou que palavras óbvias, como "destruir o problema", teriam dupla função: para alguém interessado, chamaria a atenção; para autoridades policiais, passaria despercebido. Ninguém com intenções criminosas publicaria um anúncio daqueles.

Recebeu cartas perguntando pelo tipo de problema que destruía e não gostou. Sua intuição alertou para o perigo, sentiu-se em terreno pantanoso. Não respondeu.

Risco zero era o lema.

O que estava faltando aos anúncios era identidade, uma forma sutil de sugerir aos interessados o que ele tinha para oferecer. "Unhas" dera certo, talvez porque lembrasse algo destruidor. Mas usá-lo ainda era arriscado.

Teria de ter a palavra "paixão", indicando sentimentos explosivos, emoções descontroladas, desesperos:

"ESCAPE DAS GARRAS DA PAIXÃO. CARTAS PARA REDENTOR, CAIXA POSTAL NÚMERO..." funcionou, vieram duas cartas com números de celular.

Não ligou para o segundo, porque o primeiro o colocou diante de uma situação tão inusitada que, por instantes, duvidou das suas convicções e quase acreditou em um tipo de justiça divina.

Os clientes arriscam tudo ao contratá-lo porque contratam apenas uma voz. Não há hipótese de saberem quem ele é, de terem contato com ele e, mesmo assim, entregam informações, fotografias, dinheiro em espécie para uma caixa postal que imediatamente fica vaga. Não sabem sequer quando o serviço será feito. Os absolutamente desesperados aceitam as condições, aqueles que nada mais têm a perder.

O desespero faz com que as pessoas queiram soluções mágicas. O desesperado é um ser que se acha o centro do mundo e acredita ser vítima do destino, que lhe praticou um estelionato, negando-lhe o que, por direito divino, é seu.

Sua proposta é a magia posta ao alcance. O drama termina num estalar de dedos, sem risco, com custo elevado, mas pagável.

Muitos desligam o telefone, nunca cairiam num golpe daqueles!

Tudo depende do grau do desespero.

Os que o contratam correm o risco calculado: se der certo, terá valido a pena, e, se der errado, a perda de dinheiro terá ao menos pago uma esperança.

Não é com dinheiro que se compra a esperança?

Os clientes eram informados: antes de três meses, nada acontece. Depois desse prazo, a qualquer momento a missão será executada. A decisão tinha de ser definitiva, e não havia hipótese de arrependimento.

Nunca soube se algum deles se arrependeu.

O novo cliente estava apaixonado por uma mulher divorciada. Começaram a sair, ele conheceu os filhos dela, ela conheceu os dele. Ele também era divorciado. Faziam passeios em família, todos se davam bem, divertiam-se, quando estavam a sós, ele sentia um clima romântico, mas... não passava disso, ela não permitia que a relação fosse além da amizade.

Nas vezes em que tentou, ela delicadamente se esquivou até que, quando foi mais enfático, ela disse que ainda amava o ex-marido, ainda desejava a volta dele para casa, que não queria ser injusta, pois, sinceramente, não acreditava que algum dia pudesse amar outro homem.

O cliente estava sofrendo com a situação e, ao ver o anúncio no jornal, imaginou que ali podia haver uma solução para o drama. O que é mesmo que o anúncio sugeria?

Antes de responder à pergunta, certificou-se de que o possível cliente falava de um aparelho celular pré-pago.

LXXX. A VÍTIMA É O ALGOZ

– Segurança absoluta é o meu lema, não deixo nada ao acaso e, diante da resposta afirmativa, informei a ele que eu trabalhava, de forma preferencial, na área do extermínio das paixões proibidas, mas, dependendo do caso, podia ampliar os meus serviços. Quem ele queria exterminar? A resposta foi: ele queria exterminar o ex-marido da amada. Com ele eliminado, as chances de conseguir o amor daquela mulher aumentariam consideravelmente. Forneci as instruções habituais, inclusive o valor dos honorários, e, dois dias depois, lá estava, na caixa postal, o envelope. Você pode imaginar, meu bem, o choque que levei quando olhei as fotos da futura vítima? Não, é claro que não pode, eram fotos minhas! Exatamente, ele estava apaixonado por minha ex-mulher e tinha me contratado para que eu eliminasse a mim mesmo! Não é mesmo de se pensar num desígnio divino, uma ironia de Deus, fazendo voltar contra mim o que faço com os outros? O bom Deus, lá no céu, cuidando da vida de todo mundo, resolveu me dar uma lição, me mostrar que não se brinca com a vontade Dele e, agora, eu teria de ver o que era bom. Religiosamente falando, eu estava diante de um dos insondáveis mistérios, pagando pelos meus pecados, condenado, como Prometeu ou como Adão e Eva, a tornar-me vítima de mim mesmo, pelo resto da eternidade? Não, minha querida, nada disso, era só um item a mais no catálogo das aberrações. Trabalhei como num caso comum e, não vou esconder de você, me senti vaidoso. Minha mulher gostava tanto de mim que não conseguia se relacionar com mais ninguém. Eu devo ter algo que, sei lá, agrada às mulheres. Três meses depois, o corpo nu do cliente, amarrado, multiplamente esfaqueado, com evidente violação sexual, jazia no beco ao lado de um hotel barato, na zona do meretrício. Suspeitou-se de crime passional cometido por um garoto de programa ou travesti. Morri de rir ao pensar em Taiane descobrindo que seu apaixonado gostava de rapazes. Essa foi uma missão que executei não apenas pelo prazer. Agi em legítima defesa, o cara queria me matar. Quando as coisas úteis se unem às agradáveis, sempre há uma união rendosa: o desgraçado me pagou muito bem pelo serviço. Aumentei meus honorários em homenagem a ele. A estratégia foi difícil e perigosa, porque meu cliente sabia tudo sobre mim. Exceto quem eu era realmente. O material que enviou continha meu nome, endereço, local de trabalho, profissão, horários, hábitos e várias fotos minhas tiradas de diversos ângulos e em vários locais. O safado andara me seguindo. Por sorte eu não tivera nenhuma missão que ele pudesse flagrar. Havia também uma foto de minha mulher na praia, gostosa, de *shorts*, e outra dos meus filhos, mal os reconheci, tanto haviam crescido. Rasguei todas elas, inclusive para não cair na tentação de me reaproximar e me esbaldar nas coxas de Taiane. Porém, sobre ele não havia absolutamente nada, nem mesmo um nome que me ajudasse a identificá-lo. Era uma curiosa situação em que o cliente se transformou no alvo. Ele sabia quase tudo sobre mim, e eu, absolutamente nada sobre ele. Tive de iniciar a pesquisa seguindo minha ex-mulher, e aí morava o perigo. Depois de ver o cara saindo com ela para restaurantes e cinemas e passeando com os meus filhos e os dele, uma raiva estranha começou a crescer dentro de mim. Estranho, porque não costumo sentir nada pelos clientes ou pelas vítimas, entende? O prazer que sinto, meu anjo, não depende do sentimento alheio. E lá estava eu, sentindo raiva. Tratei de compreender o processo, e o primeiro passo foi identificar de quem eu estava com raiva. Não era do cliente, de Taiane, nem dos meus filhos. A raiva não era das pessoas, disso eu tive certeza. Concluí que estava com raiva do conjunto, daquela hipocrisia reunida, filhos com filhos, o sujeito encomendando uma morte para ficar com a mulher que, não só não gostava dele, como gostava da futura vítima e, enquanto isso, divertiam-se como se nada estivesse acontecendo. Decidi que ele teria um fim humilhante, um fim que não deixaria dúvidas. Ele ia pagar caro por atirar sobre mim aquele caso, que me expunha a riscos desnecessários e despertava sentimentos que não gosto de sentir. Por isso, a primeira facada não foi mortal. Eu queria que ele me visse, que ele soubesse quem eu era, quem ele tinha contratado e para quem ele havia pago para morrer. Quando o violentei com um enorme vibrador, gostei dos gritos e, principalmente, do sangue que correu. Foram momentos de prazer e emoção tão intensos que levei alguns dias para voltar ao normal. Não sou de causar dor, mas naquele caso causei. E gostei. Durante a preparação do caso, notei um fato interessante, revi meus filhos com frequência e senti por eles uma completa indiferença. Aquelas crianças nada representavam para mim, eram tão estranhas quanto qualquer outra, e apenas por saber que eram meus filhos é que eu tentava buscar algum sentimento por elas. A vida é ou não é fútil, meu bem? É assim, geração após geração: os pais criam os filhos e depois querem distância deles. Os filhos crescem e querem distância dos pais. Religiões e dinheiro impedem que essa distância se concretize, porque pais e filhos devem se amar eternamente, querendo ou não. Pais e filhos não conseguem se amar tanto quanto dizem que devem, não é, meu bem? E, quando conseguem, cria-se a confusão que você, querida, conhece muito bem. No fim dos tempos, resta um leve sentimento de remorso – religioso – por não terem se "aproveitado" tanto quanto deveriam. Agradeço a mim mesmo por ter evitado essa tragédia contumaz e repetida: meus filhos não sabem de mim, eu não sei deles e, pelo menos de minha parte, não há nem perda nem culpa.

LXXXI. POR QUÊ?

Taiane quase desmaiou quando leu a notícia da morte de seu amigo Roberto. E ficou perplexa diante das circunstâncias. Jamais poderia imaginar que ele tivesse tendências homossexuais, muito pelo contrário.

Conheceram-se na escola das crianças e logo tornaram-se amigos. Ela percebeu o interesse dele e manteve uma reserva desencorajadora, mesmo depois de tanto tempo divorciada, não se sentia pronta para outro relacionamento.

Era interessante como o amor dela pelo marido aumentara depois da separação. Sentia falta do aconchego e da segurança que tinha ao lado dele.

A amizade com Roberto era boa, mas não conseguia imaginar-se na cama com ele. O máximo que permitiu foi um beijo, não mais do que um leve roçar de lábios, rápido e inconsequente. Os filhos deles se davam bem. Além disso, ele era inteligente, divertido e agradável.

Morto por um garoto de programas? Impossível! Roberto não era de procurar esse tipo de sexo, ela tinha certeza, era capaz de jurar.

E foi o que declarou à polícia quando prestou depoimento:

– Impossível, Roberto não tinha nenhum indício, era hétero.

– Lamento, senhora, mas o corpo mostra que ele foi penetrado antes de levar as facadas – disse o delegado.

– Alguma coisa está errada, há cerca de três meses ele me pediu em casamento. Recusei, mas ele não desistiu e continuou me procurando, saindo comigo, insistindo em dizer que me amava, que estava apaixonado...

– Uma coisa não invalida a outra, necessariamente, senhora. Sabe de alguém que desejasse a morte dele?

Taiane se deu conta de que não sabia quase nada sobre Roberto e sua vida íntima. Ele era empresário da construção civil, estava bem de vida, divorciado – curioso: ela nunca perguntara a ele o motivo do divórcio. Era um pai preocupado com os filhos, sempre que podia estava com eles, que o adoravam. Sabia que Roberto gostava de ir ao cinema e de dançar e... mais nada. Como ele era na intimidade, quem eram os seus amigos e parentes, como procedia nos negócios, nada sabia. Nunca perguntou e Roberto nunca contou.

Pelo noticiário, nos dias seguintes, Taiane soube mais sobre a vida de Roberto do que em mais de um ano de convivência.

O criminoso não foi encontrado. A polícia investigou o caso por todos os ângulos e nada conseguiu achar.

A ex-mulher de Roberto mudou os filhos de escola, e, em pouco tempo, ele se transformou para Taiane em uma quase nunca evocada lembrança. Ela tratou de continuar sua vida, sabendo, no íntimo, que estava destinada a esperar pela volta do marido.

Taiane jamais entendeu o que se passou com o ex-marido. Durante os doze anos em que estiveram casados, ela poderia imaginar qualquer coisa, menos o que ele fez.

A vida deles era agradável, ele curtia os filhos e demonstrava gostar dela. Tinham momentos especiais de terna convivência e agrados mútuos.

Recordava quando ele saía praguejando do banheiro, após cortar as unhas dos pés. Ele odiava fazer aquilo, ficava com dores nas pernas e na coluna, os dedos da mão machucados pelas argolas da tesourinha. Seu corpo parecia um feixe de nervos, de tão arrepiado.

Porém, recusava ir a uma podóloga ou manicure. Achava que só gays faziam isso.

Ele só cortava as unhas dos pés em última instância, quando ela determinava que com aquelas unhas enormes ele teria de dormir no sofá. Com um suspiro resignado, lá ia ele, trancar-se no banheiro, e ela se divertia ouvindo os resmungos que atravessavam a porta fechada.

Depois, a compensação: o momento de gostosa intimidade. Ele deitava no sofá e colocava os pés no colo dela. Taiane massageava-lhe os pés, fazia cócegas que ele, aos risos, fingia não gostar, e depois, uma a uma, lixava e alisava as unhas, até deixá-las bonitas e perfeitas. Quando terminava a tarefa, dava um tapinha nas pernas dele e fazia o comentário de sempre:

– Pronto, foi-se o homem das cavernas e retornou o meu herói.

Invariavelmente, faziam amor logo depois, dependendo do horário, se as crianças já estivessem dormindo, ali mesmo, no sofá. Viviam de forma tranquila, e nada indicava que ele quisesse mudar alguma coisa.

Sem mais nem menos, numa noite igual às outras, após o jantar, ele desapareceu de casa e nunca mais falou com ela. Recusava-se a dirigir-lhe a palavra e até mesmo a olhá-la.

O marido familiar tornou-se um estranho completo.

De nada valeram suas tentativas. Nas vezes em que, graças a muita espera, conseguiu encurralá-lo, ele agiu como se ela não existisse, como se fosse transparente. Não respondia às perguntas, num mutismo que a exasperou.

Quando recebeu a carta do advogado, compreendeu que o casamento estava terminado. E ela nem sequer sabia o motivo!

As crianças por meses perguntaram pelo pai, sentiram a falta dele, e ela teve de administrar a própria dor e o sofrimento dos filhos.

Anos depois, encheu-se de coragem e foi visitá-lo, com esperanças de que o passar do tempo tivesse aplacado o que quer que tivesse tomado conta dele.

Recebeu a porta batida com força na cara. Naquela noite, humilhada, sentiu ódio: quem ele pensava que era? Com esforço, resistiu ao desejo de voltar e fazer um escândalo, até conseguir dele o mínimo esclarecimento.

Ela não era capaz de fazer aquilo. Estava além do seu temperamento e tratou de engolir a indignação, lutando para pôr um ponto-final naquela história.

Nunca conseguiu.

LXXXII. AINDA MAIS PRAZER

– Jamais contei essas coisas. Você pode se considerar uma privilegiada, meu bem. Existem razões para isso, querida. A principal é em meu benefício, e a outra, casualmente, favorece você. Mais um pouco de paciência, em breve você entenderá os motivos de estar aqui.

Elisa, encolhida na cadeira, tentava ocultar a nudez. Cruzara as pernas para esconder a vagina e mantinha os braços sobre o peito com as mãos nos ombros. Fazia força para não se mover, mas tinha de se coçar, precisava mudar de posição, a imobilidade era incômoda e, a contragosto, acabava movendo um braço, maldizendo deixar um seio à mostra. Suas tentativas de sedução em nada resultaram e nesse momento, além do medo e da curiosidade, sentia vergonha da nudez. O que viria, ainda, pela frente?

– Levante-se – disse o homem. – Agora deite-se no chão, ali, perto da parede.

Elisa obedeceu, calculando que, agora sim, seria violentada.

Ele acariciou o corpo dela – que mais ainda se encolheu – e depois amarrou as mãos e os pés, pernas e braços abertos deixando a corda folgada para que ela pudesse dobrar os joelhos. Afastou-se, admirando a obra. Assim estendida, Elisa estava exposta como ele queria que ela ficasse.

Medo. Elisa tinha certeza de que não escaparia com vida e tinha muitas perguntas. Queria saber quem havia encomendado a sua morte, agora que sabia que ia morrer. Tudo o que o louco dizia indicava ser aquele o seu destino.

Por que alguém desejava sua morte é o que não entendia, assim como não entendia os motivos daquele assassino lhe contar coisas horríveis. Por mais louco que fosse, por alguma razão ele estava fazendo aquilo.

Ao dar-se conta de sua impotência e da inevitabilidade de sua morte, estranhamente perdeu o medo. Só não queria sentir dor.

Como consolo, pensou no pai e em como estaria desesperado. Não entendia o motivo de tanta demora, por que ele não agia logo, pagando o resgate para livrá-la daquele suplício?

– Moço, o senhor já falou com a minha família? Já pediu o resgate? Meu pai fará qualquer coisa para me salvar, pode estar certo. Ele é muito rico, dinheiro não é problema.

– Dinheiro nunca é problema no meu ramo, querida.

– Então, já falou com ele?

– Falar com ele o quê?

– Sobre o resgate, o senhor me sequestrou pelo resgate, não é?

– De certa forma, de certa forma. Não exatamente como você está pensando, mas, sim, há um resgate envolvido.

Elisa estava atônita. Então seu pai não sabia o que tinha acontecido a ela! O que, Deus, estava acontecendo?

– Agora cale a boca – disse o homem em tom ríspido. – Não diga nem pergunte mais nada. No devido tempo você saberá de tudo.

Ele estava exultante. Se soubesse que poderia ter tanto prazer adicional, teria feito aquilo antes. Dali em diante, incluiria no seu cardápio uma longa conversa com os futuros alvos.

LXXXIII. TRIUNFAR OU MORRER

Cooper despertou com o cheiro de café. Olhou o relógio, eram sete horas. Renée entrou no quarto carregando, numa bandeja, café preto, ovos fritos e suco de laranja:

– Tome o seu café, rapaz. Já é tarde e está na hora de pegar o bandido. Fiz os ovos como você gosta.

Comendo o desjejum, observou Renée vestir-se para o trabalho. Ela era mesmo demais! O desejo de largar tudo, arrumar um emprego, abandonar o mundo sórdido em que sua profissão o colocava ressurgiu com intensidade. Podia conseguir um trabalho qualquer, desde que dominasse seu gênio explosivo e entendesse a lógica dos chefes. Ganhar um bom salário, casar com Renée, ter filhos, levar uma vida normal, como milhões de americanos faziam.

Renée beijou-o e saiu. Tinha um teste naquela tarde e estava muito excitada com a possibilidade de conseguir o papel.

Não, ele pensou, nunca teria uma vida normal. Nem Renée. A não ser que fracassassem em suas ambições, que abrissem mão dos sonhos – o dele, de fazer justiça, e o dela, de ser uma grande atriz.

Pessoas assim não conseguem viver como os outros. Pessoas assim triunfam ou morrem.

Dirigindo o Buick verde pelas ruas movimentadas de Nova York, Cooper rumou para o escritório. Acordara com a sensação de ter perdido algum detalhe do caso. Lera o depoimento de Martin Douglas na polícia. Quando a moça fora assassinada, ele estava num sítio, nos arredores de Boston. Chegou a Nova York quatro ou cinco dias depois da descoberta do corpo de Lauren Lee, sem saber, e foi diretamente à delegacia dar parte do desaparecimento dela.

Aquilo era estranho e, mesmo que o álibi de Martin tivesse sido confirmado pela polícia de Boston, alguma coisa na história não se encaixava.

A pedido do capitão Scott, a polícia de Boston confirmou que Martin estava no sítio, após se informar com familiares e empregados. Disseram que Martin ficara muito abalado com o sumiço de Lauren, pois era louco pela garota e planejava se casar com ela. Martin não se conformava com o desaparecimento da jovem.

Burt desistiu de ir para o escritório, mudou o percurso e foi para o hotel onde Martin estava hospedado. Odiava admitir, afinal, era o seu cliente, mas Martin continuava sendo o único suspeito de ter matado Lauren Lee. No caminho, mudou de ideia novamente. Consultou o relógio e viu que eram oito e meia e tomou o rumo da Delegacia de Homicídios. Queria falar com o capitão Scott a sós, sem a presença de Peck.

Durante o percurso, avaliou o imperativo moral que teria de enfrentar caso suas suspeitas se confirmassem. E isso parecia iminente, especialmente diante das providências que pretendia tomar. Martin era o único com motivos para assassinar Lauren Lee, esse era o fato concreto, até agora.

Conforme a polícia apurara, Martin não se conformou com a fuga da garota. Típico bostoniano rico e mimado, a arrogância e a vaidade estavam incutidas nele desde a infância, havia sido uma criança a quem tudo foi permitido e que teve todos os desejos atendidos.

Ser abandonado pela noiva deve ter sido um golpe difícil de assimilar, e sua personalidade, com certeza, estaria exigindo alguma reparação. Afinal de contas, tinha sido humilhado perante a sociedade tradicional de Boston e devia ser alvo de chacotas em toda a cidade.

Esse motivo era suficiente para que alguém como Martin Douglas cometesse assassinato.

E ele, Cooper, como deveria se comportar diante da situação, caso Martin fosse realmente o culpado? Era seu cliente, Martin o contratara para descobrir o assassino. Devia prosseguir no caso? Abandoná-lo? E os mil dólares que ainda tinha a receber? Se descobrisse que Martin matou Lauren Lee, teria direito a eles?

Ele não havia escolhido a carreira de detetive particular apenas para ganhar a vida. Desde criança, desenvolvera um forte senso de justiça, espelhado no pai, herói da Segunda Guerra Mundial. Ao terminar o colégio, pensou em seguir o curso de Direito, mas não tinha currículo escolar para conseguir uma bolsa de estudos nem dinheiro para pagar uma faculdade privada. Foi obrigado a trabalhar cedo e não se ajustou como empregado. Não tolerava patrões, eram arrogantes, insensíveis e incompetentes. Ser um detetive conciliava o seu interesse pela justiça com a atividade liberal: Cooper queria ser dono do próprio nariz. Estava pagando um preço alto e justo, não se arrependia.

Quando estacionou o Buick diante da Delegacia, estava calmo e com o conflito ético resolvido. Ele recordava as exatas palavras de Martin Douglas ao contratá-lo: "Quero que descubra o assassino ou arderei na cadeira elétrica". A parte final da frase presumia uma alegação de inocência, mas a primeira parte era clara e taxativa: estava sendo pago para descobrir quem era o assassino.

Subiu as escadas rumo ao gabinete do capitão Scott, certo do que deveria fazer.

LXXXIV. A CAMINHO DO FIM

QUANDO UM NOVO CLIENTE RESPONDEU AO ANÚNCIO, MAIS DE SEIS MESES depois de ter eliminado o namorado de Taiane, ele estava pronto para ouvir mais uma história banal, uma repetição de tantos e tantos motivos que levam as pessoas a contratá-lo.

Porém, mesmo ele, que não vê sentido para a existência humana, ficou impressionado com as palavras que foram ditas ao seu ouvido, pelo telefone celular.

O homem tinha sessenta anos, era dono de uma grande indústria e estava à beira de um colapso mental. Não sabia mais o que fazer e planejava se matar. Aquele anúncio no jornal era sua última esperança.

Esperou que o homem parasse de ofegar, engasgar, respirar fundo e esclareceu o significado do anúncio. O outro deu um longo suspiro e, mais calmo, começou de novo, dizendo que, felizmente, era o que estava procurando.

O drama teve início há anos, quando acordou de um sonho com uma ereção poderosa. Ele brincava com a filha mais nova, então com dez anos de idade. Depois começou a acariciar-lhe os pés e logo, as pernas, enquanto ela ria e se retorcia no sofá da sala onde estavam sentados.

Sossegou ao ver que fora só um sonho e atribuiu a excitação a outras razões. Ele e a esposa tinham duas filhas e formavam uma boa família, eram ricos e estavam bem integrados na comunidade. Para resolver a ereção, acordou a esposa, se satisfez, e voltou a dormir.

Porém, a lembrança do sonho persistiu e, naquela noite, durante o jantar, observou a menina. Nada sentiu de diferente.

Olhou para a mais velha, com quinze anos e o corpo já formado. Procurou dentro dele, procurou "com força", enfatizou, alguma atração física pelas filhas, e o resultado foi nenhum.

Aliviado, tratou de não pensar mais no assunto. Notou que a filha mais nova, quando saiu da mesa, estava descalça e precisava cortar as unhas dos pés.

Durante as semanas seguintes, nada aconteceu até que, noutra noite, o sonho se repetiu, e ele acordou com tamanha excitação que se jogou, sem pensar, sobre a esposa que dormia. Ela, desacostumada com tais arroubos, não resistiu e, na manhã seguinte, fez comentários maliciosos a respeito.

Ele passou o dia assustado. Mal olhou para a filha durante o jantar e custou a adormecer, com medo de sonhar novamente.

O sonho repetiu-se intercaladamente, ele despertava e investia sobre a esposa até que ela, irritada, recusou o sexo e pediu que ele a deixasse dormir. A solução foi masturbar-se no banheiro. Não conseguia controlar a excitação e não queria gerar desconfianças na mulher.

Nas noites em que não sonhava com a filha, dormia tranquilo. Passaram os meses, e ele não foi mais perturbado pelo sonho. Tinha jurado que, se sonhasse novamente, iria consultar um psiquiatra.

Certa madrugada, despertou com urgente necessidade de urinar. Foi ao banheiro e, ao passar pelo quarto da filha menor, entrou.

Na penumbra, viu uma parte da coxa e um pé para fora das cobertas e enlouqueceu de tesão. Transtornado, agarrando o pênis duro, louco pela menina, ardeu de desejo e culpa, úmido de um suor pegajoso e saturado. Correu de volta ao banheiro e masturbou-se com fortes estocadas, ejaculando, tonto de gozo.

Se, por um lado, assustou-se com a reação, por outro, envaideceu-se: há anos não dava uma demonstração de tamanha potência.

Daquela noite em diante, aquilo que acontecia em sonhos entrou no mundo das fantasias conscientes, que aconteciam várias vezes ao dia, predominando uma em que ele deitava sobre a menina adormecida, colocava o pênis entre as coxas dela e se esfregava. Ela despertava e apertava o pau dele com as coxas.

Era tamanho o prazer que sentia, imaginando, que passou a evitar a filha, mal lhe dirigindo a palavra. A filha real era uma criança sem graça, pré-púbere, com aparelho nos dentes e nenhum apelo sexual.

O que era bom estava na cabeça dele.

Esqueceu a promessa de consultar um psiquiatra.

Depois, para melhorar a ilusão, voltou a entrar, sorrateiro, no quarto da filha, durante as madrugadas. Observava a menina dormir: sempre havia algum detalhe do corpo dela exposto, emergindo dos lençóis. Bastava imaginar tocar-lhe o pé e a perna, o pênis endurecia com o vigor de seus vinte, trinta anos. Prolongava ao máximo a situação, até correr ao banheiro e masturbar-se, como um adolescente.

As exigências de seu desejo aumentaram: numa noite torturante, sua mão esteve a milímetros dos dedinhos do pé da filha.

Foi se confessar, o que não fazia desde a infância.

Não era praticante, mas via-se a cometer uma falha mortal e sentiu necessidade de falar com alguém. Sabia que o desejo era impuro, de que pecava nos seus pensamentos. A confissão aliviaria as tensões, e uma rigorosa penitência absolveria sua alma.

Ao entrar na igreja, cumpriu os rituais, benzeu-se, persignou-se, ungiu-se com água benta, fez uma oração a Nossa Senhora Aparecida, de quem sempre fora informalmente devoto, e entrou no confessionário, tremendo.

Mal disse "Padre, eu pequei", desatou num choro convulsivo e, com frases entrecortadas, contou o que estava acontecendo.

Revelar, em voz alta, o que sentia deu-lhe plena consciência do significado de seu desejo pela filha.

O padre permaneceu em silêncio, enquanto ele falava e chorava. Depois, benevolente, alertou seu confidente de que aquilo era muito, muito grave. Que a perspectiva era horrível, pois ele estava a ponto de praticar um dos mais terríveis pecados, daqueles que Deus não costuma perdoar: abusar da própria filha.

– Sua salvação está em Cristo, meu filho. Você deve voltar-se para Ele e para a Igreja com todas as forças. Ore, reze, implore. Quando vierem à sua mente os impulsos malignos, reze uma ave-maria, um padre-nosso, corra para cá, a casa de Deus, onde você será sempre amparado.

– E se eu não conseguir, padre?

– Você vai conseguir, meu filho. Cristo não dá as costas a quem Lhe pede socorro. Se você tiver fé, Deus vai ajudá-lo.

Depois orou, pediu a Deus que olhasse pelo filho sofredor e perdoasse seus pecados. E penitenciou o homem a – para fortalecer o arrependimento – rezar cinco ave-marias e cinco padre-nossos por dia, durante um mês. E, pelo menos uma vez por semana, confessar-se.

A essa última parte, ele nunca obedeceu.

Saiu da igreja confortado e, simultaneamente, apavorado. O conforto da penitência não abafou o terror de perceber quão grande era o drama, quão tênue era o limite que o separava da loucura.

Estava apaixonado pela filha.

Tentou seguir os conselhos do padre. Mal pensava na filha e começava: "Pai nosso que estais no céu, santificado seja Vosso Nome...", e, mal terminava a oração, a filha voltava-lhe aos pensamentos. "Ave Maria, cheia de graça, bendita sois vós...". E assim, de oração em oração, percorreu os meses seguintes, com várias recaídas entre uma prece e outra.

Manter as aparências dentro de casa foi um suplício. Convivia como se nada estivesse acontecendo, acompanhando os dramas adolescentes da filha mais velha e relegando a mais nova ao segundo plano, como se ela não existisse.

Levou mais de um ano até ter coragem de tocar na filha, durante a madrugada.

A garota percebeu a atitude do pai, em ignorá-la. Com a intuição própria do início da puberdade, mesmo sem saber o que o pai sentia, deu para agradá-lo, sentar em seu colo sempre que podia, abraçá-lo por trás durante as refeições.

Havia sempre algo a contar que ocupava boa parte da janta, coisas da escola e das amigas... e adorava tocar nele.

À sua maneira, sentia o constrangimento do pai, o modo como ele se esquivava, a dureza dos braços nos abraços, o rosto de lado no momento de um beijo.

Ela crescia. Aos onze anos o corpo já tinha formas, a cintura estreita, as ancas mais largas, as pernas engrossando, um leve, mínimo, quase invisível aumentar dos mamilos.

O pai resistiu o que pôde, até que abandonou as preces e perdeu o pudor interno. Se o que sentia pela filha era aquilo, que assim fosse, custasse o que custasse – ele ia pagar o preço.

Numa noite, segurando o pênis enrijecido, sentou na cama da menina e passou a mão pelos cabelos dela. Ela abriu os olhos e sorriu, como se esperasse por aquilo. Deixou-se acariciar. Ele passou suavemente os dedos pela nuca, e ela se virou de lado, oferecendo-lhe as costas, que ele massageou até o limite da cintura, sentindo o começo das nádegas, enquanto se masturbava ali mesmo, até correr para gozar no banheiro, evitando sujar o tapete do quarto com o sêmen.

Voltou para a cama e caiu num sono pesado e profundo. No dia seguinte, sentiu-se bem, aliviado e eufórico como há muito não experimentava.

O tormento desapareceu, e, noite após noite, o encontro noturno se repetiu, terminando com a ejaculação final no vaso da privada, seguindo-se o sono tranquilizado pela mais suprema paz.

A menina manteve as visitas do pai em segredo, um segredo só deles, e a vida familiar seguiu normalmente. As questões domésticas continuaram sendo resolvidas, e ele se manteve como o pai de duas filhas, apoiando a mãe nas restrições, limites e educação, vida escolar, amizades, horários, disciplina.

Ele resistiu como um guerreiro ao ímpeto de ir além do limite das costas da filha. Depois de algum tempo visitando-a todas as noites, muniu-se de estoica coragem e conseguiu o almejado controle.

Três meses sem ir ao quarto da filha nem ter pensamentos pecaminosos com ela. Agradeceu a Deus pela ajuda recebida, por Ele ter atendido as preces que voltara a rogar, por tê-lo livrado da aterradora tentação.

Durante dois anos, nada aconteceu entre eles. A menina, com quatorze anos, exibia um corpo apetitoso sob o rosto juvenil. Tinha a voz especialmente suave.

LXXXV. *PAS DE DEUX*

– O QUE ELE NÃO SABIA É QUE VOCÊ, MEU BEM, NUNCA SE CONFORMOU com o fim das idas dele ao seu quarto. Você adorava as visitas noturnas de seu pai. Quando ele esfregava suas costas, você tinha sensações incríveis e sabia, mesmo sem ver, que ele se masturbava. Quantas vezes você quis se virar e segurar o pau dele entre suas mãos, beijá-lo, enfiá-lo na sua boca, passá-lo por todo o seu corpo, entre as pernas, nas nádegas? Como ele poderia saber que, ao sair correndo para ejacular no banheiro, você permanecia acordada, se masturbando? E que, acreditando que aquilo era pecado, você temia os castigos que a ira divina descarregaria em cima de você? Mas, na noite seguinte, lá estava você deitada, contando os minutos até ouvir a porta do quarto abrindo. Não, meu bem, você nunca aceitou que seu pai não quisesse mais você e, noite após noite, esperou por ele, masturbou-se, gemeu e chorou baixinho até adormecer, exausta e frustrada. Quantas vezes você procurou nele um olhar, uma palavra, um gesto que revelasse alguma coisa, que desse um indício, uma explicação para o que estava acontecendo? Por que ele não ia mais ao seu quarto, por que ele não queria mais brincar? Ao mesmo tempo, você sentia seu corpo se desenvolver, seus seios tomando forma, suas coxas engrossando, seus pelos nascendo, sua boceta umedecendo por qualquer coisa, em constante e exasperante excitação. Você já não chegava perto de seu pai, não sentava mais no colo dele, evitava o contato físico, por medo de não se controlar. Apesar de assediada por colegas, você não ficava com nenhum. Nem mesmo um beijo você permitia, porque na sua cabeça só existia a figura do seu pai e todo o prazer que esperava dele. Foi naquele domingo de tarde que você, de *shorts* e camiseta curta, deitou no sofá e colocou os pés sobre as pernas dele, que assistia à televisão. Ele ficou hirto, e você cutucou a barriga dele, disse que estava com dor nos pés e pediu uma massagem.

A expressão de horror no rosto de Elisa divertiu o homem. Aos poucos ela se dava conta do que realmente estava acontecendo, a verdadeira razão de ela estar ali.

A compreensão insidiosa que se instalava na sua mente gerou um terror absoluto. Não, aquilo que ela estava pensando não podia ser verdade. O homem estava querendo assustá-la ainda mais, afinal, ele era louco, não, nunca – aquela ideia era absurda.

LXXXVI. MÃE FELIZ

Ele olhou para ela e viu o rostinho inocente da filha. Desceu o olhar pelo corpo, passou pelos seios redondos, a barriga e o umbigo à mostra, as coxas bem desenhadas e, com o cuidado de quem vai tocar numa preciosidade que se quebra ao mínimo contato, tocou os pés dela e começou a alisá-los.

Dedo por dedo, na planta e no dorso de cada um, ele acariciava os pés da menina que amolecia o corpo, acelerava a respiração e abria as pernas sensualmente, oferecendo-lhe as coxas e o ventre, que erguia e baixava.

Ela tinha um olhar febril.

Quando a mãe entrou na sala, trazendo pipocas quentinhas, viu a inocente cena de um pai carinhoso massageando os pés da filha adolescente, ambos diante da televisão. Sorriu satisfeita com aquele raro momento de intimidade familiar, descomprometido e leve.

Graças ao ardil, a garota refizera a conexão com o pai. As consequências, dali em diante, foram incontroláveis.

Com cruel esperteza, ela pediu à mãe que buscasse uma tesourinha para o pai cortar as unhas de seus pés, consolidando a inocência do momento.

LXXXVII. REVELAÇÃO

– Sim, meu bem, seu pai é o meu cliente, e você é a minha missão. Você é a paixão que ele quer exterminar, proibida, pecaminosa. Não acredita? Acha que o seu poder sobre papai é ilimitado? Enganou-se, meu anjo. Você foi além do que ele podia tolerar. Mal ou bem, ele conseguiu conviver com as tórridas madrugadas no seu quarto, beijando o seu corpo de alto a baixo, dedilhando e lambendo sua vagina, deixando-se masturbar por suas mãos cada vez mais experientes. Ele conseguiu sobreviver, depois que você passou um creme no pau dele e colocou-o na entrada de seu ânus. Imóvel, ele permitiu que você, movimentando o ventre para cima e para baixo, introduzisse, até ser totalmente penetrada. Ele tolerou quando você, com exasperante lentidão, rebolou e moveu-se em vai e vem, para deixar somente a ponta da cabeça lá dentro e, num súbito arquejo, introduzi-lo totalmente e com força, exigindo dele o movimento contrário. Ele vociferou ao comer seu cu com fúria, abrindo suas nádegas, sentindo você aprisioná-lo lá dentro, ele teve vontade de sufocar, de estrangular você, ele ia e vinha, sentindo sua bunda na barriga, apertando seus seios com força, passando as mãos nas suas costas, beijando sua nuca, sua boca, ele se acabou dentro e sentiu seu estremecimento convulsivo, o gozo de você ao ser inundada. Inacreditável que sua mãe e sua irmã não tenham ouvido os gemidos daquela noite. Ele tolerou deixar-se murchar até que você, numa leve contração, o expulsou, virou-se de barriga para cima, esticando-se com satisfeita lascívia. Sentado na cama, ele olhou para você, a filhinha dele, que ele tinha acabado de enrabar, estendida, nua e linda, a mais formosa das princesas, a mais vulgar das putas. Ele tolerou, na manhã seguinte, o seu cândido olhar durante o café, a irritação matinal da filha mais velha e o habitual bom humor de sua mãe. Porém, você queria mais, queria a coisa completa. E passou a pedir que ele a deflorasse, você queria ser desvirginada por ele, queria senti-lo de verdade, dentro de você. Queria que ele transformasse você numa mulher.

LXXXVIII. FALANDO SÉRIO

– Bom dia, capitão – disse Burt, entrando no gabinete.

– Bom dia, garoto. Como está você?

– Muito bem, especialmente porque tenho certeza que o senhor sabe que estou trabalhando no caso Lauren Lee.

– Está? – O sorriso do capitão mostrava tudo.

– O senhor mandou Peck me indicar ao Martin. Quero saber por quê.

– Ora, porque você é bom e pode nos ajudar...

– Não brinque comigo, capitão. Gosto muito do senhor para isso. Me diga a verdadeira razão.

– Ok, garoto – suspirou Scott –, a razão é simples: estou de mãos atadas. Preciso alguém neutro para agir de forma, digamos... informal, sem as limitações oficiais, entende?

– Não. Pode explicar?

O olhar e o tom de voz do capitão Scott mudaram. De suaves e divertidos tornaram-se duros e sérios:

– Não tenho dúvidas de que Martin Douglas matou Lauren Lee Taylor, Burt. Porém, não posso ir além de minha jurisdição, a não ser que chame os federais e, se há algo que eu não quero no momento, é ter os rapazes do FBI xereteando por aqui, compreendeu? Infelizmente, não posso mandar meus rapazes a Boston, não posso investigar o álibi de Martin, não posso entrar escondido na casa dele e dos pais dele para vasculhar tudo, não posso dar um arroto fora dos limites de Nova York que o mundo desaba sobre minha cabeça, e meu rabo vai arder no inferno. Isso é ruim. Acredite, rapaz, que não tenho vocação para idiota e não quero que coisas ruins aconteçam comigo, você está entendendo? Está? Ótimo, garoto, porque você vai fazer para mim tudo isso, tudo o que eu não posso fazer, está claro?

– Até agora só está claro que você induziu Martin Douglas a me contratar para provar que ele é o assassino. E ele, que é um idiota, um imbecil capaz de imaginar o jeito de lacrar por dentro o quarto onde cometeu o crime, caiu na sua esparrela. Por favor, capitão, o senhor é mais esperto do que isso.

Scott ignorou o tom irônico de Burt:

– Acredite ou não, pouco me importa. O fato é que ele contratou você, certo? E está pagando muito bem, pelo que sei. Então trate de agir, ponha-se em movimento, justifique os honorários que está ganhando.

– E se eu recusar?

– Já separei a página de anúncios de emprego para você, garoto. Recuse e nunca mais será detetive particular.

Cooper deu uma gargalhada, alta. Quando parou de rir, olhou nos olhos de Scott e disse:

– Certo, capitão. Podemos parar com o joguinho. Por que o senhor acha que vim aqui?

– Ponha-se para fora de meu gabinete, espertinho – ordenou Scott sem esconder o sorriso. – Podia ter poupado meu tempo com seu teatro barato.

Quando Burt ia fechar a porta, Scott disse:

– Se alguém souber desta conversa, prometo que é o seu lombo que vai sangrar, entendeu bem?

Burt havia entendido muito bem. Tinha ido justamente informar ao capitão Scott que estava disposto a viajar quatro ou cinco horas de trem até Boston City e outras tantas de volta para Nova York.

Antes de ir para a Gare Central pegar o trem, Cooper foi novamente ao apartamento onde o crime aconteceu. Saudou o seu já conhecido policial e esclareceu uma interrogação que ficara em sua cabeça quando, naquela mesma manhã, dirigia o Buick verde rumo ao escritório.

LXXXIX. ENFIM, SÓS

– O CÉREBRO HUMANO TEM UM DEFEITO FUNDAMENTAL, UM ERRO DE concepção: a impossibilidade de aprender com a experiência alheia. As coisas importantes da vida a gente só compreende com a própria experiência, pode acreditar em mim. Se não fosse isso, talvez você não estivesse aqui, talvez eu não estivesse aqui. Devido a essa falha, o ser humano piora a cada minuto que passa, quanto mais ele compreende coisas, mais ele se impregna de ruindade. Você ainda é um lindo animalzinho selvagem, reagindo aos seus instintos com pureza e candura. Mais uns dois ou três anos e esses atributos estarão soterrados pela carga de compreensão e entendimento que desabará sobre você, substituindo pureza e candura por malícia e maldade. O que você faz hoje, com alegria, será sórdido em pouco tempo, pecado mortal logo a seguir, trauma definitivo que corroerá seus caminhos e imporá torturas mentais que você não pediu para ter, depressões, vícios e degradação.

Elisa mal ouvia as palavras do homem. Não conseguia acreditar que seu pai quisesse a sua morte. Logo ele, a quem ela dedicava sua vida, a quem ela amava tanto. Logo ele que tivera tanto prazer e alegria com ela. E as palavras que ele dizia? Como era bom, como era gostoso, quanta felicidade ele sentia, onde estavam aquelas palavras? Por que ele queria que ela morresse, por que não disse que não queria mais, por que ele queria a morte dela?

O homem continuava:

– A humanidade teria sentido se fôssemos instintivos, usando a razão a serviço dos instintos e não contra eles. Viveríamos apenas para viver. Não estaríamos neste quarto fechado de onde sairei daqui a pouco, deixando-o trancado por dentro. A razão humana é paradoxal, odiando conseguir aquilo que quer ou quis. Nunca basta, jamais é suficiente, sempre há alguma coisa faltando, uma exigência a mais, cada vez mais, sempre mais. Nem mesmo eu escapo de querer mais e, por isso, transformei você em minha ouvinte: para me exibir, ostentar meus trunfos. Você é um momento de glória, meu bem, efêmero, é verdade, mas qual não é?

O corpo de Elisa sacudia-se, devido ao choro. Estava horrível, transfigurada, e o corpo exposto, em espasmos, perdera a beleza.

Carne inútil, balançando.

Ele passou a mão no rosto da jovem, secando as lágrimas, depois nos seios, na barriga e na boceta, que dedilhou, vendo com satisfação que ela dobrou os joelhos.

Ela continuava aos soluços, e de sua boca saia apenas "por quê? Por quê?".

– Quando seu pai disse que não ia deflorar você, que aquilo não, que aquilo era ir além de qualquer limite, você ficou furiosa e mudou de atitude. Ele ia ao seu quarto, você fingia dormir e, ao tocá-la, você mandava que ele fosse dormir com a mulher dele, "pois com ela ele não se importava de fazer tudo". Às vezes você permitia algumas carícias apenas para deixá-lo excitado. Logo endurecia a voz e mandava que ele fosse para o lado da mulherzinha dele. Passou a maltratar a mãe, reclamar de tudo e criticar a família. Tinha ataques de raiva e ameaçava sair de casa, mal tocava na comida e se trancava no quarto, batendo as portas com força. Imagine a tortura de seu pai, ouvindo as queixas de sua mãe e fingindo compartilhar as preocupações dela, sabendo que você visava ele. Fugia do tema como o condenado da forca e atribuía seu comportamento à idade, acaso ela tinha esquecido que com a filha mais velha tinha sido a mesma coisa? Porém, ele sabia que não tinha sido a mesma coisa. Quando devia estar na escola, você se recusava a sair de casa. Aparecia na empresa, entrava na sala dele chorando, pedindo desculpas. Ou então, furiosa, exigia que ele a levasse para algum lugar onde pudessem ficar juntos. Não foram poucos os escândalos que ele teve de acobertar diante dos funcionários. Você mostrou ao seu pai que o inferno existe, está lembrada? De repente, você mudou. Do dia para a noite, voltou a ser a mesma de antes, sorridente, alegre, a menina com quem a família estava acostumada. A casa voltou ao normal, e sua mãe, aliviada, comentou que seu pai tinha razão, era mesmo uma fase que, graças a Deus, tinha passado. As visitas noturnas recomeçaram, e você aproveitou cada minuto de cada uma. Com aquele tipo de tormento seu pai estava acostumado. Há muito ele desistira de lutar contra a paixão, assumiu e aceitou para si a condição de abusador da filha, tratou de levar a vida com o que lhe sobrava de normalidade. Até o momento da viagem de sua mãe e sua irmã para emagrecer num spa. Sete dias com a casa apenas para vocês. Sete noites sem segredos nem cuidados, ninguém para flagrar vocês, nenhum grito ou gemido para abafar. Enfim sós, você pensou com alegria.

XC. INTERVALO NO TREM

A VIAGEM DE TREM NÃO ERA RUIM. HAVIA CONFORTO, UM BOM RESTAURANTE-bar onde Cooper pôde tomar todos os *bourbons* que desejou, e a mudança de cenário, que ajudava a relaxar, a pôr os pensamentos em ordem.

Cooper sentiu que a sensação de urgência desaparecia. Não havia nada que pudesse fazer dentro daquele trem. E nada que estivesse obrigado a fazer. Deixou-se embalar pelo balanço suave, pensou em Renée, pensou no futuro.

Renée fora uma descoberta. Quando ela veio atendê-lo numa lanchonete, ele viu uma garota pequena, sorridente e confiante.

Cooper se dava bem com mulheres, graças a seu tipo atlético e seu aspecto bonito. Impressionado com a beleza juvenil de Renée, ele hesitou e balbuciou, pedindo um copo de água. Observou a moça indo buscar o pedido, o corpo parecia benfeito sob o avental largo. Pegou o cardápio e escolheu um hambúrguer e café, pedido que fez quando ela voltou, trazendo água.

Ela carregava um crachá com o nome, e ele perguntou:

– Você é nova aqui, Renée? Nunca...

– Comecei esta semana. Foi o melhor que consegui e pelo menos paga o aluguel.

– Você mora sozinha?

– Acho que isso não é da sua conta – disse, com um meneio de cabeça, afastando-se.

"Droga", pensou Cooper, "eu não podia começar de maneira pior." Quando ela voltou com o hambúrguer e o café, ele falou:

– Desculpe se fui atrevido, sinceramente, eu só queria puxar assunto.

– Se você quer puxar assunto – sorriu a jovem –, venha me buscar às seis da tarde...

– Pode apostar – sorriu Cooper, terminando o sanduíche, o café, deixando o valor da conta e uma boa gorjeta sobre a mesa.

Para ele, a tarde custou a passar. Para ela também.

Durante o namoro, descobriram um amor crescente, e Cooper não tinha nenhuma dúvida. Renée seria sua esposa tão logo ele pudesse sustentar uma família.

O que o levava à questão do futuro que, no momento, parecia inexistente. A vida de detetive particular era incerta, e a concorrência, enorme.

Cooper ainda não tivera o "grande caso", cuja repercussão pudesse catapultar a carreira. Por enquanto, conseguira pequenos serviços, corriqueiros e de pouco interesse público, que mal pagavam as despesas. E as apostas nos cavalos.

O atual caso, se conseguisse resolvê-lo, teria, sim, ampla divulgação, e seu nome seria várias vezes mencionado nos jornais. Talvez fosse o incentivo que precisava para tornar-se um nome conhecido na sociedade nova-iorquina, o que lhe renderia clientes importantes, honorários vultuosos e estabilidade financeira para casar-se com Renée e ter filhos.

Perdido em pensamentos, mal viu o tempo passar, e a parada do trem, na gare de Boston, o trouxe de volta ao presente.

Tomou um táxi e deu o endereço do apartamento de Martin Douglas, rezando para encontrar o que estava procurando. E também para não encontrar.

XCI. UM MESMO PECADO

– Não estou preocupado com os seus sentimentos. Não mesmo. Você é o meu público, querida, o melhor público que pode existir para mim, porque tudo o que você está ouvindo morrerá aqui, neste quarto fechado. Devo isso a você, pois até hoje eu não sabia como é bom contar as coisas que faço. O caso entre você e seu pai não é melhor ou pior do que outros que me surgiram. Depois de conhecer a real natureza humana, nada mais me surpreende e acho que nada mais me surpreenderá. Outra vez a Bíblia mostra que não há nenhuma originalidade nas perversões humanas. Você já ouviu falar em Lot? É claro que não. Por que você saberia quem foi ele? Pois bem, quando Jeová decidiu destruir Sodoma e Gomorra, tanta iniquidade encontrou naquelas cidades – Ele poderia ter evitado com um piscar de olhos, se quisesse –, que prometeu ao patriarca Abraão salvar os justos que lá morassem. Depois de muita procura, Lot, irmão de Abraão, foi o único justo digno de salvação. Jeová, do alto de Seu bom coração, ordenou a Lot que abandonasse imediatamente a cidade com sua mulher e suas filhas, advertindo que ninguém olhasse para trás. Assim fez Lot e escapou da destruição de Sodoma. A esposa dele, ouvindo a explosão, olhou para trás e imediatamente se transformou em uma estátua de sal. Entendeu? A coitada desobedeceu à ordem do Todo-Poderoso e olhou para trás. Resultado? Virou sal, uma estátua de sal! Coisa digna de um Deus infinitamente bondoso, hein? Nos dias seguintes, Lot e suas duas filhas acamparam no deserto, e as meninas ficaram muito preocupadas: quem geraria filhos nelas para que a casa de Lot não se perdesse na poeira dos tempos? Estavam isoladas, não havia homens nas redondezas, e as garotas resolveram transar com o pai, o velho Lot, engravidar dele e povoar a Terra com sua prole. Temendo que ele não quisesse, não tiveram dúvidas: embebedaram o pai por duas noites seguidas, foderam com ele, uma em cada noite, e engravidaram. Da prole surgiram tribos. Seja qual for o tamanho do porre, um pai só come as filhas se quiser, é ou não é? O único justo que Deus encontrou em Sodoma e Gomorra comeu as duas filhas... O que você e seu pai fizeram, minha querida, já era feito desde os tempos imemoriais. Mas religiões mudam conforme o passar do tempo. O que antes era divino, de repente, vira pecado, o que antes podia, hoje não pode, o que antes era bonito, agora é feio. É comum pais e filhas serem amantes, mais do que se sabe; afinal, a moral religiosa impera e, para o grande público, os pecados são menos pecados se ninguém souber deles. Como a função religiosa do sexo é exclusiva para a procriação, o pecado mortal consiste em não gerar um filho da foda, entende? Foder por foder, anima o diabo e seus demônios, que espalham suas tentações para acumular almas nas trevas. Pense nisso, meu bem: se você não procriar, foder comigo ou foder com seu pai é exatamente o mesmo pecado.

XCII. FAÇA O QUE EU DIGO

– Uma das minhas missões foi eliminar uma freira. Quem me contratou foi o bispo. Descobri que era ele seguindo a freira num domingo de manhã, quando ela chegou à catedral para a missa. Entrou numa porta lateral que abri, de mansinho, e vi a freirinha apoiada na mesa, a bunda, branca como a neve, aparecendo, enquanto o bispo, com a batina erguida, mandava ver, sem sinal de remorso. Mais tarde, professando ele mesmo a missa, concitava os fiéis a uma vida de virtude e castidade, por ser aquela a vontade de Deus. E eu ouvindo o safado falar. Foi simples eliminar a freira cujos caminhos eram poucos: do mosteiro à catedral, ida e volta. Estaria o bispo arrependido por contrariar um dos mais sagrados votos da Igreja? Estaria temeroso de confessar-se na extrema-unção e não receber absolvição? Estava a freirinha fazendo ameaças ou exigindo coisas inexigíveis? Nada disso, minha querida, nada disso. O sacerdote estava de caso novo com uma paroquiana, uma garota linda e rosada, recém-chegada do interior e que falava com sotaque alemão. A freira tinha flagrado um olhar aceso, um beijo de mão mais demorado e alguns sorrisos cúmplices trocados entre o bispo e a paroquiana, no beija-mão de final de missa, na porta da igreja. O sacerdote não queria escândalos e, ademais, havia enjoado da freirinha, agora que a carne fresca pousara em seu confessionário. Dá para condenar o homem? Dá para condenar a freira? Ou a nova paroquiana? Para uma garota do interior deve ser glorioso ser amante do bispo. Para uma freirinha inocente, dar para o bispo deve representar a comunhão celestial. E o bispo, além de usufruir as delícias da carne, sempre poderia se justificar perante o Criador, alegando um aprendizado para melhor transmitir os ensinamentos sagrados sobre virtude e castidade. Percebe como são as pessoas? E como o que eu faço é importante? Num único movimento resolvi três problemas e permiti que os benefícios individuais e coletivos fossem mantidos. Imagine se a freira saísse do controle e botasse a boca no mundo? Como ficaria a nova paroquiana, privada de sua honraria suprema? E o bispo, desmoralizado por quebrar o voto de abstinência? E a coletividade, que perderia sua confiança e teria sua fé arranhada?

XCIII. ENFIM, MULHER

– Na primeira noite em que ficaram sozinhos, você puxou seu pai pela mão, em direção ao quarto de casal. Você sonhava com aquele momento, jogar seu pai na cama dele, despir-se e fazer tudo com ele. Praticamente arrancou-lhe as roupas, começando a chupá-lo. Ele sabia o que ia acontecer e não tinha forças nem vontade de impedir. Deixou você trabalhar, abusar dele, usufruir o seu momento supremo e permitiu que você montasse, largando o peso do seu corpo até romper-se o hímen, penetrando você até o fundo, finalmente feita mulher. A dor inicial cedeu, e você enlouqueceu de prazer. Seu pai era seu homem, e você, a mulher dele. Não preciso descrever mais, não é mesmo? Você sabe muito bem o que fizeram naquela noite memorável. Ao acordar na manhã seguinte, seu pai levantou. Você dormia de barriga para cima, as pernas abertas, os seios subindo e descendo no ritmo de sua respiração suave. Ele foi acometido, naquele momento. Sentiu uma convulsão interna, um enjoo brutal, uma ânsia devastadora, a realidade de vocês dois desabou como lava, e ele jorrou golfadas de vômito na água turva do vaso sanitário, soluçando, chorando arquejos dolorosos que faziam arder o estômago e o corpo, como se sua pele estivesse numa geladeira e suas entranhas, numa fogueira. Sob a água do chuveiro, naquela manhã, ele concluiu que um de vocês tinha de morrer. Quando ele quis usar um preservativo, você teve um chilique, lembra? Para não se arriscar, forçava você para baixo dele e, enquanto o prendia com suas pernas e mãos, ele se deixava embalar e, num arranco final escapava, inundando seu corpo com a porra com que você esfregava os seios, o pescoço e o rosto. Cada manhã seguinte era a mesma torturante náusea, o tenebroso problema, ou ele se matava ou matava você. E cada noite seguinte era precedida da excitação, do desejo voraz, vocês treparam na mesa, no chão, no banheiro, difícil saber qual dos dois era mais ardente, mais impaciente, mais carnívoro. Os seus dias eram maravilhosos. Você vivia nas nuvens, tinha seu pai só para você, e ele lhe proporcionava o sublime prazer que, lá no fundo, as mulheres querem experimentar. Quando a semana terminou, e sua mãe e irmã voltaram para casa, encontraram uma pessoa desfeita. O rosto do seu pai estava encovado e fundas olheiras enegreciam seus olhos. Quanto a você, mal sua mãe pôs os pés dentro de casa, teve um ataque de raiva, como se ela fosse uma invasora, um corpo estranho a tomar conta de domínios exclusivamente seus. Você sabia que as tórridas noitadas haviam terminado, e a ideia de abrir mão do que havia conquistado não a agradava. Tanto você insistiu, tanto você perturbou, tanto você ameaçou que seu pai, finalmente, levou você a um motel. Foi barrado e ameaçado, porque o porteiro percebeu seu rosto infantil, chamou seu pai de tarado e ameaçou chamar a polícia. Lívido, ele fugiu, dirigindo como um louco enquanto você resmungava, irritadíssima. Fez seu pai estacionar diante de uma farmácia e comprou material de maquiagem. Pintou-se com exagero, como uma prostituta de rua, e ordenou que fossem a outro motel. Seu pai não tinha mais vontade própria e obedeceu. Não tiveram qualquer problema, entraram num apartamento de luxo e terminaram a tarde bebendo champanhe dentro de uma banheira de hidromassagem. Não havia sossego, não havia paz. Ou ele estava envolvido na tormenta de sua paixão ou estava desesperado, incapaz de se matar, incapaz de matar você, incapaz de fugir, simplesmente incapaz. Sua mãe já havia notado as diferenças no comportamento dele, e o ambiente em casa tornara-se tenso. Ela suspeitava que seu pai tinha outra mulher, porém não lhe ocorreu que a outra era você, a filha mais moça deles. Ou, se ocorreu, não se atreveu a dar forma ao pensamento. E você não facilitava. Sempre que podia, lançava um contra o outro com frases e insinuações venenosas. Foi num domingo de manhã que seu pai leu o meu anúncio no jornal. Lembra que eu tinha outro motivo para contar tudo isso? Vou revelá-lo agora, caso ainda não tenha descoberto. Já lhe dei todos os indícios. Não sabe? Não mesmo? Pense um pouco antes de responder. Não? OK. É para esclarecer você, mostrar que não perderá grande coisa, que é mais saudável que você morra agora do que continue vivendo o aterrorizador fracasso que o resto de sua existência lhe reserva. O que aconteceu entre você e seu pai é irremediável e levará você à loucura definitiva, condenada a passar o resto dos seus dias em uma clínica psiquiátrica. Não me queira mal, querida, pense em mim como um... bem, como um amigo que vai livrar você de horríveis sofrimentos futuros.

Elisa mal respirava. Nunca lhe passara pela cabeça que seu pai não estivesse feliz com ela. Acreditava firmemente no amor dos dois e achava que ele sofria por causa da mãe, a quem não queria abandonar.

Eles eram tão perfeitos, tão íntimos e naturais, nascidos um para o outro, ela tinha certeza disso. E agora aquele louco... Ele sabia de tudo, é claro que o pai havia contado... era verdade mesmo... o pai queria que ela morresse... Elisa contorceu-se no chão, sentindo uma dor forte em suas entranhas, dor de mulher traída, de mulher enganada, dor que só desaparece com a morte.

– Por favor, moço, me mate de uma vez, acabe logo com isso. Não quero mais viver, nunca pensei que meu pai me odiasse tanto...

– Calma, querida, ainda não terminei. Se lhe serve de consolo, seu pai não odeia você, muito pelo contrário. Mas não há perdão que perdoe a culpa que ele sente e que, se você não sabe, já está instalada em sua cabecinha. É uma culpa da qual você não tem culpa, nunca entenderá e... nunca se perdoará. Acredite no que estou dizendo, meu bem, o seu caminho não tem volta, e o destino do seu pai será, com toda a certeza, pior do que o seu. Você, como toda a gente, é produto do conjunto de ideias e de regras distorcidas que forma a humanidade e, ao mesmo tempo, uma vítima das divinas concepções humanas. Daqui a pouco, e graças a mim, você será liberada do sofrimento para sempre. O pobre coitado do seu pai carregará, além de outras, a culpa de ter ordenado a morte da filha, não vai resistir muito tempo, posso apostar. Tudo o que se diz ou se pensa do inferno é pouco perto do que ele tem pela frente. Quanto a mim, contar minha história a você prolongou o meu prazer, deu mais crédito ao meu saldo, pois eu também mereço, sendo tão competente em meu trabalho.

XCIV. NA CENA DO CRIME

Na manhã seguinte, Burt Cooper desembarcou do trem, caminhou pela plataforma, subiu as escadas da Gare Central de Nova York e foi diretamente para o escritório.

Fez a barba, trocou a camisa e deu dois telefonemas, abençoando a companhia telefônica por ainda não ter cortado a linha. Não podia esquecer de, ainda hoje, pagar a conta.

Cumprimentou o policial que guardava a entrada do apartamento e esperou. Alguns minutos depois, Martin Douglas apareceu, com ar preocupado.

– Como vai, Cooper, o que tem para mim?

– Já vou lhe mostrar, Douglas. Estou esperando outras pessoas, aguarde um pouco.

– Que outras pessoas? Afinal de contas, você descobriu o assassino? É para isso que estou lhe pagando.

– Não se preocupe, seu dinheiro foi bem empregado. Apenas mais alguns minutos e tudo estará esclarecido.

– Não vou ficar parado aqui, Cooper.

Martin fez menção de retirar-se, mas o policial, devidamente orientado por Cooper, impediu o movimento.

– Por favor, senhor, faça o que o senhor Cooper está pedindo – colocando-se ostensivamente diante de Martin.

– Mas o quê...?

Antes de concluir a reclamação, Martin percebeu a chegada do capitão Scott, do inspetor Peck e mais quatro policiais fardados.

Burt Cooper abriu o fecho da sacola de náilon que carregava, tirou lá de dentro um objeto e mostrou de que forma Martin Douglas, depois de assassinar Lauren Lee Taylor, trancara o quarto por dentro. Ele encontrara o objeto escondido no fundo do armário de roupas de Martin, embrulhado em uma camisa velha, misturada com vários outros objetos. Descobriu também que, nos dias que antecederam o crime, os empregados e os familiares sabiam apenas que ele estava no sítio, porém não o tinham visto nem falado com ele.

Foi muito fácil para Martin Douglas pegar um trem pela manhã, matar Lauren Lee e voltar para Boston no trem da tarde sem que ninguém ficasse sabendo da viagem.

XCV. A MAGIA DA FÉ

– Está vendo isto aqui, meu bem? É um grande ímã, e com ele se tranca um quarto por dentro. Não é difícil, depois que se pega o jeito, e eu treinei bastante. Com ele faço as trancas se fecharem e giro a chave na fechadura com a maior facilidade. É por isso que a mágica faz tanto sucesso. As pessoas querem acreditar no impossível, e os mágicos aproveitam-se desse desejo. Pessoas flutuando no ar, serradas ao meio, entrando numa caixa e aparecendo do outro lado do palco e todo cabedal de truques, que hipnotizam plateias no mundo, são apenas truques. E quando se revelam, decepcionam pela simplicidade, quase ingênua e óbvia. Nenhum truque, porém, por mais "mágico" que seja, resiste a uma análise inteligente. O problema é que, diante do inexplicável, o cérebro humano se retorce e prefere aceitar a solução mística, o poder sobrenatural, o dom divino e outras tantas bobagens. Os maiores mágicos são aqueles que, com simples expedientes e mecanismos, produzem efeitos espantosos, arrancando aplausos entusiasmados de públicos perplexos. Muitos, mesmo depois que se revela o truque, preferem continuar acreditando na "mágica", porque isso ajuda a amenizar a realidade chata e difícil da vida a que se submetem. Fechar um quarto por dentro, com travas e chaves, é tão simples quanto arrancar o demônio da alma de alguém, fazendo pressão na nuca e gritando "aleluia". Basta ter fé que não se identifica o truque.

XCVI. FIM DE CASO

Cooper, antes de viajar para Boston, finalmente percebeu o que o estava incomodando e voltou ao local do crime. Parou diante da porta fechada e girou o corpo para a esquerda e para a direita.

Sim, era isso, estava explicado como o criminoso fizera para trancar o quarto pelo lado de dentro. As chaves penduradas no seu cinto moviam-se em direção à porta, quando o lado direito de seu corpo se aproximava. A fechadura e as trancas de metal estavam magnetizadas e ele sabia exatamente o que precisava encontrar, vasculhando os pertences de Martin Douglas.

Entrar no apartamento dele não foi difícil, nada que uma gazua não resolvesse.

A busca não demorou muito. Numa gaveta do armário de roupas, no quarto de dormir, encontrou o que estava buscando, misturado entre camisas e camisetas: um enorme ímã em forma de ferradura, com elevado teor magnético.

Saiu do apartamento e foi à casa dos pais dele, uma enorme mansão em estilo colonial, onde conversou longamente com os empregados e com o pai de Martin, um homem de vasta cabeleira grisalha, exalando aristocracia pelos poros.

Depois da demonstração, Cooper disse ao inspetor Peck:

– Aí está o seu homem, Inspetor. Mais uma vez, resolvi o caso para você. Pode algemá-lo.

– Muito engraçado, rostinho bonito, muito engraçado mesmo. Você não perde por esperar, espertinho; mais cedo ou mais tarde ajustaremos nossas contas.

– Quando você quiser, Peck, quando você quiser. Mas, se me chamar novamente de rostinho bonito, será quando eu quiser, entendeu?

– Calma, rapazes – interferiu o capitão Scott, pondo-se entre os dois homens. Eles se olhavam com fúria e estavam prontos para sair aos socos. – Com que bases você acusa Martin Douglas, Cooper?

– Com base nas evidências – respondeu o detetive, sem tirar os olhos do inspetor Peck. – Encontrei este ímã entre as roupas dele, em Boston!

– E o que isso prova? – indagou Martin, já algemado. – Você invadiu meu apartamento? Tinha um mandado judicial?

– Claro que tinha – mentiu Cooper –, acha que sou imbecil?

– E o que mais? Você não tem nada contra mim, idiota! E pensar que eu contratei você! Ligue para meu pai imediatamente, vou processar você, Cooper, vou arrasar você, liquidar...

– Por que você veio dar queixa do desaparecimento de Lauren Lee aqui em Nova York? – perguntou Cooper. – Como você sabia que ela estava aqui sem ao menos ter consultado a polícia de Boston? Foi muito apropriado de sua parte esperar alguns dias após matá-la e depois, com a maior inocência, dar parte do desaparecimento dela. É óbvio que ninguém suspeitaria de você, não é mesmo? Aliás, sou obrigado a reconhecer que o inspetor Peck, desde o início, afirmou que você era o assassino.

– Como assim? Não estou entendendo...

– Na polícia de Boston não há nenhum registro de queixa de desaparecimento feita por você, Martin. Mas foi lá que ela sumiu, não é? Por que você não deu queixa lá, e sim em Nova York? Não precisa responder. É porque você sabia que ela estava aqui, você a seguiu, descobriu que ela era viciada e trabalhava como *stripper*. Você falou com ela várias vezes, não é verdade? Inclusive no apartamento dela, e, por mais que insistisse, ela não cedeu e recusou-se a voltar para Boston com você.

– Você está imaginando coisas, Cooper.

– Estou? Veremos se estou imaginando coisas quando seu pai depuser, sob juramento, perante o Grande Júri.

– Como assim? Meu pai não vai depor...

– Vai depor, Martin. E vai ter de dizer a verdade. E a verdade é que um amigo seu viu Lauren Lee dançando no El Camiño e contou a vocês, exatamente, contou a vocês dois, no clube de golfe. Você não podia tolerar aquela afronta, a sua noiva flagrada como uma vadia de cabaré. Você planejou tudo e tenho de lhe dar parabéns. A ideia de trancar o quarto por dentro foi brilhante.

– Meu pai contou isso a você?

Martin Douglas pareceu encolher, toda a arrogância e insolência ficaram simplesmente derretidas. Ele parecia um garoto assustado. Em seguida desabou. Fez menção de falar, mas o capitão Scott interrompeu:

– O senhor está preso e tem o direito de permanecer calado. Tudo o que disser será usado contra o senhor no tribunal.

Sem dar sinal de ter escutado, Martin disse:

– Eu implorei, eu prometi, eu fiz de tudo para ela voltar. Mas, depois que a notícia se espalhou, eu não podia sair de casa. Sair de casa, entendeu? Virei o alvo preferido da sociedade de Boston, com todo mundo rindo da minha cara.

– Então você admite que matou Lauren Lee?

– Sim. Fui eu. Matei aquela puta em defesa da minha honra e da honra da minha família.

– Ok, pessoal – disse o capitão Scott. – Vamos para a delegacia. Obrigado, Cooper, você foi muito útil. Pode ter certeza de que darei os devidos créditos na imprensa.

– Obrigado, capitão. Estou mesmo precisando de um pouco de crédito. Posso pedir uma coisa? Martin me contratou para descobrir o criminoso. Pagou mil dólares adiantados e prometeu outros mil quando eu descobrisse...

– Entendi, garoto. – O capitão Scott procurou nos bolsos de Douglas, que não esboçou reação, encontrou o dinheiro, separou mil dólares, que entregou ao detetive, e guardou o resto num saco de papel, com outros pertences do rapaz. Virou-se para Peck e disse:

– Prepare um recibo de mil dólares e dê para Cooper assinar.

– Muito obrigado novamente, capitão. – E, virando-se para o inspetor Peck: – Lembre-se, Peck, nunca mais me chame por aquele apelido.

Naquela noite Burt acalmou Renée, dizendo que ela precisava paciência, que o talento dela seria reconhecido, que ela seria uma grande atriz.

– Não chore, meu amor. Você terá outras oportunidades. Com certeza esse diretor que não escolheu você é um imbecil que nada entende de teatro.

– Não é um imbecil, ele é um grande diretor – choramingou Renée. Eu é que fiquei nervosa, não consegui me concentrar...

– Viu? Você precisa se concentrar, acreditar mais na sua capacidade; afinal de contas, não ser aprovada num teste não é o fim do mundo.

Fim do mundo era seu maldito azar com os cavalos de corrida. Biscuit chegou em quinto, mas agora as coisas iam mudar. Ele obtivera uma informação absolutamente certa para as corridas de amanhã. Pediu licença para Renée e ligou para Mike:

– Mike, é Cooper. Tudo bem, e você? Escute, quero duzentos dólares em Clarence, no terceiro páreo de amanhã.

Ouviu o outro falar e disse:

– Desta vez não vai falhar, Mike, pode apostar. Meu informante jurou que...

Em seguida virou-se para Renée, passou o braço sobre os seios nus da jovem, lambeu delicadamente sua orelha e sussurrou:

– Quem, neste mundo, sabe aproveitar seus talentos tanto quanto eu?

XCVII. A ESCOLHA FINAL

– Felizmente a moda de usar chaveiros pendurados no cinto desapareceu há décadas e duvido muito que algum policial, nos dias de hoje, tenha lido algum livro policial e antigo. Encontrarão seu corpo neste quarto totalmente trancado por dentro e não terão a menor ideia de como consegui fazer isso.

Elisa estava entorpecida. Não chorava mais, esgotara-se totalmente. Não sentia medo, não sentia raiva, remorso, nada.

Olhou com indiferença para o homem que depôs na mesa o enorme ímã em forma de ferradura e logo uma faca. Antes mostrando detidamente os objetos para ela.

– Prometo que não vai doer. Um único golpe, e a inconsciência virá imediatamente. Meu bem, você nem sentirá o sangue jorrar de sua garganta. Vou lhe dar uma escolha, coisa que não costumo fazer. Entenda como uma vênia de agradecimento que faço aos aplausos que você, como meu público exclusivo, sem dúvida me dedica. Você quer que eu a estupre enquanto está viva ou prefere morrer antes? A escolha é sua, querida. Para mim, tanto faz.

Este livro foi composto
em Gotham e Meridien para
a Leya em julho de 2010.